그 토 록
붉 은
사 랑

림태주 산문집

그토록
붉은
사랑

행성B

나는 쓸쓸하고 휘발하는 말을 붙잡아 두기 위해 나무 몇 그루를 또
벤다. 글들은 봄여름가을겨울에 맞추어 대오를 갖췄다. 계절에 어울
리지 않는 글이 더러 보였으나, 다행스럽게도 편입된 사계에 맞게
색색으로 물들어 갔다. 계절을 내세운 이유는 내 몸의 출신 성분에
기인한다. 나라는 몸은 사계의 변화와 순환에 섬세하게 조응하는 농
업의 삶을 기반으로 한다. 그 감응 덕분에 잎이 열리고 꽃이 피고 열
매를 맺고 하는 일에 나는 여지없이 쏠리고 쏠린다. 뿌리고 기르고
거두는 일에 정성을 다해야 한다는 것을 생득적으로 안다. 새봄을

기약해 가을에 매다는 씨앗 봉지처럼, 오늘의 남루에서 실한 글줄을 고른다고 골랐으나 싹수가 어떨지는 내일이 돼 봐야 알 수 있겠다.

시집 한 권 없이 시인 행세를 하며 살았다. 그나마 나무에게는 다행한 일이다. 나의 빈약한 시업의 실상을 드러내고, 뭇 성실한 시인들을 모독하려고 연애편지에나 쓸 법한 시 몇 편을 골라 여기에 욱여넣었다. 시는 눈에 넣는 그림이 아니라 심장에 넣어 입으로 토하는 음악이라는 시의 본령에 충실하기 위하여 몇 편의 시를 소리로 들을 수 있도록 꾸몄다. 그래서 '소리 나는 작은 시집'을 품은 독특한 산문집이 되었다.

세상에 와서 내가 사랑한 일들을 갈무리해 보려고 헛짓을 했다. 사랑했던 일들과 이별했던 일들, 사랑하지 못했던 일들과 슬퍼하고 아파했던 일들을 붉은 잉크로 눌러 썼다. 돌이켜 보니, 내가 가장 아름다웠던 시절에 그대가 있었다. 그대가 나의 화양연화를 이룩했다. 행복을 빈다는 말이 거짓말일지라도, 사랑했으므로 진실로 행복을 빈다. 나에게는 내가 부여받은 사랑의 사명을 잘 마치고 아름답게 가는 일만 남았다.

이 책은 어머니의 편지로 시작해 어머니에게 보내는 편지로 맺는다. 편지와 편지 사이에 사사로운 나의 독백과 소란스런 고백을 끼워 넣었다. 뒤에 딸린 시편들은 그리운 사람에게 따로 챙겨 보내는 선물 같은 의미이기를 바랐다. 언제나 그렇듯 내 글은 잡석 같아 척

박하고, 족보 없어 자유롭다. 처음부터 기대하지 않았으면 그런대로 참아낼 만할 것이다. 나는 나의 지난날들의 붉음보다 앞으로 살아갈 날들이 더 깊게 붉음에 물들 것으로 여기고 있다.

차례

🎙 가 표시된 시들은 유튜브(YouTube)에서 '그토록 붉은 사랑'을 검색하면 시낭송 음원을 들을 수 있습니다.

spring

봄

어 머 니 의
편 지

아들아, 보아라.

나는 원체 배우지 못했다. 호미 잡는 것보다 글 쓰는 것이 천만 배 고되다. 그리 알고, 서툴게 썼더라도 너는 새겨서 읽으면 된다. 내 유 품을 뒤적여 네가 이 편지를 수습할 때면 나는 이미 다른 세상에 가 있을 것이다. 서러워할 일도 가슴 칠 일도 아니다. 가을이 지나고 겨 울이 왔을 뿐이다. 살아도 산 것이 아니고, 죽어도 죽은 것이 아닌 것 도 있다. 살려서 간직하는 건 산 사람의 몫이다. 그러니 무엇을 슬퍼 한단 말이냐.

나는 옛날 사람이라서 주어진 대로 살았다. 마음대로라는 게 애당초 없는 줄 알고 살았다. 너희를 낳을 때는 힘들었지만, 낳고 보니 정답고 의지가 돼서 좋았고, 들에 나가 돌밭을 고를 때는 고단했지만, 밭이랑에서 당근이며 무며 감자알이 통통하게 몰려나올 때는 내가 조물주인 것처럼 좋았다. 깨꽃은 얼마나 이쁘더냐. 양파꽃은 얼마나 환하더냐. 나는 도라지 씨를 일부러 넘치게 뿌렸다. 그 자태 고운 도라지꽃들이 무리 지어 넘실거릴 때 내게는 그곳이 극락이었다. 나는 뿌리고 기르고 거두었으니 이것으로 족하다.

나는 뜻이 없다. 그런 걸 내세울 도량이 있을 리 없다. 나는 밥 지어 먹이는 것으로 내 소임을 다했다. 봄이 오면 여린 쑥을 뜯어다 된장국을 끓였고, 여름에는 강에 나가 재첩 한 소쿠리 얻어다 맑은 국을 끓였다. 가을에는 미꾸라지를 무쇠솥에 삶아 추어탕을 끓였고, 겨울에는 가을 무를 썰어 칼칼한 동태탕을 끓여 냈다. 이것이 내 삶의 전부다.

너는 책 줄이라도 읽었으니 나를 헤아릴 것이다. 너 어렸을 적, 네가 나에게 맺힌 듯이 물었었다. 이장 집 잔치 마당에서 일 돕던 다른 여편네들은 지 새끼들 불러 전 나부랭이며 유밀과 부스러기를 주섬주섬 챙겨 먹일 때 엄마는 왜 못 본 척 나를 외면했느냐고 내게 따져 물었다. 나는 여태 대답하지 않았다. 높은 사람들이 만든 세상의 지엄한 윤리와 법도를 나는 모른다. 그저 사람 사는 데는 인정과 도리가 있어야 한다는 것만 겨우 알 뿐이다. 남의 예식이지만 나는 그에 맞는 예의를 보이려고 했다. 그것은 가난과 상관없는 나의 인정이었고 도리였다. 그런데 네가 그 일을 서러워하며 물을 때마다 나도 가만히 아팠다. 생각할수록 두고두고 잘못한 일이 되었다. 내 도리의 값어치보다 네 입에 들어가는 떡 한 점이 더 지엄하고 존귀하다는 걸 어미로서 너무 늦게 알았다. 내 가슴에 박힌 멍울이다. 이미 용서했더라도 어미를 용서하거라.

부박하기 그지없다. 네가 어미 사는 것을 보았듯이 산다는 것은 종잡을 수가 없다. 요망하기가 한여름 날씨 같아서 비 내리겠다 싶은 날은 해가 나고, 맑구나 싶은 날은 느닷없이 소낙비가 들이닥친다. 나는 새벽마다 물 한 그릇 올리고 촛불 한 자루 밝혀서 천지신명께 기댔다. 운수소관의 변덕을 어쩐지 못해도 아주 못살게 하지는 않을 거라고 믿었다. 물살이 센 강을 건널 때는 물살을 따라 같이 흐르면서 건너야 한다. 너는 네가 세운 뜻으로 너를 가두지 말고, 네가 정한 잣대로 남을 아프게 하지도 마라. 네가 아프면 남도 아프고, 남이 힘들면 너도 힘들게 된다. 해롭고 이롭고는 이것을 기준으로 삼으면 아무 탈이 없을 것이다.

세상 사는 거 별 거 없다. 속 끓이지 말고 살아라. 너는 이 어미처럼 애태우고 참으며 제 속을 파먹고 살지 마라. 힘든 날이 있을 것이다.

힘든 날은 참지 말고 울음을 꺼내 울어라. 더없이 좋은 날도 있을 것이다. 그런 날은 참지 말고 기뻐하고 자랑하고 다녀라. 세상 것은 욕심을 내면 호락호락 곁을 내주지 않지만, 욕심을 덜면 봄볕에 담벼락 허물어지듯이 허술하고 다정한 구석을 내보여 줄 것이다. 별 것 없다. 체면 차리지 말고 살아라. 왕후장상의 씨가 따로 없고 귀천이 따로 없는 세상이니 네가 너의 존엄을 세우면 그만일 것이다.

아녀자들이 알곡의 티끌을 고를 때 키를 높이 들고 바람에 까분다. 뉘를 고를 때는 채를 가까이 끌어당겨 흔든다. 티끌은 가벼우니 멀리 날려 보내려고 그러는 것이고, 뉘는 자세히 보아야 하니 그런 것이다. 사는 이치가 이와 다르지 않더구나. 부질없고 쓸모없는 것들은 담아두지 말고 바람 부는 언덕배기에 올라 날려 보내라. 소중하게 여기는 것이라면 지극히 살피고 몸을 가까이 기울이면 된다. 어려울 일이 없다. 나는 네가 남 보란 듯이 잘 살기를 바라지 않는다. 억척 떨며 살기를 바라지 않는다. 괴롭지 않게, 마음 가는 대로 순순하고 수월하게 살기를 바란다.

혼곤하고 희미하구나. 자주 눈비가 다녀갔지만 맑게 갠 날, 사이사이 살구꽃이 피고 수수가 여물고 단풍물이 들어서 좋았다. 그런대로 괜찮았다. 그러니 내 삶을 가여워하지도 애달파하지도 마라. 부질없이 길게 말했다. 살아서 한 번도 해본 적 없는 말을 여기에 남긴다. 나는 너를 사랑으로 낳아서 사랑으로 키웠다. 내 자식으로 와주어서 고맙고 염치없었다. 너는 정성껏 살아라.

나는 너를 사랑으로 낳으며
사랑으로 키웠다
내 자식으로 태어나
그마한 엄지 않았다
는 걸 당당 살아라

매 화

소 식

더는 기다리지 못하고 조계산 선암사에 전화를 넣었습니다.

"스님, 매화는 언제쯤 핀답니까?"
"글쎄요, 나무 마음을 알 수 없으니."
"아, 그래도요?"
"그러게요, 그게 꽃의 일이라서."
"아이 참, 그러지 마시구요?"
"거 참, 때가 되면 어련히."

그 자리에서만 생육한 지 육백 년입니다. 매화는 육백 번을 피었겠으나, 그 속마음을 아는 이가 여태 없습니다. 이 봄에도 그 마음이 궁금해서 참을 수가 없습니다. 이만큼 기다렸으면 예고편 정도는 보여 줘야 하는 거 아닌가요?

봄 의
관 능

오래전 한 여자가 있었다. 그녀는 봄 때문에 미친 여자였다. 봄이 자신에게 어떤 짓을 했는지 유서 같은 시 한 편을 남기고 그녀는 죽었다. 7세기 신라시대의 일이었다. 그녀, 설요薛瑤는 눈부시게 아리따워서 선자仙子라고 불렸다. 열다섯에 아비를 여의고 몹시 슬퍼해 스스로 비구니가 되었다. 아름다움이 죄였다. 여승의 적막한 삶을 하늘은 가만두지 않았다. 어떤 잔혹한 봄날을 보내 그녀를 뿌리째 흔들어 버렸다. 몸의 충동은 그녀를 미치게 만들었다. 봄의 위험한 꽃불이 스물하나의 탐스런 몸에 옮겨 붙자 그녀는 참지 못하고 제 안의 꽃봉오리를 터뜨려 버렸다. 설요는 〈반속요返俗謠〉라는 시를 휘갈겨 두

고는 미련 없이 환속했다. 다른 이유가 있을 리 없었다. 봄이 흔들지
만 않았다면. 여자는 속세로 내려와 시 짓는 남자를 만나 사랑에 빠
지고, 죽는다.

구름 같은 마음으로 정하게 살려 했건만
깊고 적막해 사람 그림자도 안 보이네
봄꽃들은 향기를 흔들어 미치게 하니
어찌할 것인가, 아리따운 나의 몸을

나는 봄마다 그녀의 시를 꺼내 읽는다. 그녀의 봄이나 나의 봄이 다
르지 않다. 나는 산문을 깨고 나온 여자가 남긴 고체시를 읽으며 그
녀가 미쳐 갔을 봄의 관능을 헤아린다. 신라까지 먼 길을 달려간 내
몸이 닿은 곳은 그녀의 몸이다. 그녀의 몸에 소속된 정념의 장치들,
속눈썹과 콧등과 귓불과 입술과 혀와 살갗을 내 몸은 더듬는다. 쓰
다듬고 누르고 보듬고 할퀴고 핥는다. 달아오른 욕망의 기계여. 21세
기 남자가 7세기 여자의 은밀 안으로 파고들어 간다. 부푼 젖가슴 같
은 밤공기와, 목덜미에 닿는 입김 같은 햇볕과, 보드랍고 무성한 체
모처럼 돋아난 초본과, 입안에 고인 흥건한 타액처럼 질펀한 봄꽃
들, 봄꽃들.

봄의 애욕에 빠진 남자의 에로스를 빨아들인 설요의 몸은 부풀어서 혼란하고 공중으로 위태하게 떠오른다. 남자의 봄이 공기처럼 뜨거운 설요의 봄을 잡아채고 내리누른다. 이제 나는 알겠다. 봄은 타오르고 쓰러지고 일어서고 분출하는 불덩이라는 것을. 그리하여 나는 내 몸에 옮겨 붙은 불을 다스리며 한 줌 재가 될 때까지 달아오르다 타들어 가겠구나.

그 봄에 파문한 여자가 있었다. 그 봄의 관능에 져서 이 봄에 시달리는 남자가 있다. 환장할 봄이다.

꽃 밭
에 서

"엄마, 방안까지 향기가 몰려들어 시끄러워 죽겠어."

"글 쓰는 데 방해되거든 사정없이 내쫓아 부려야. 향기라고 봐주지 말구."

"꽃이 무슨 잘못이 있겠어? 못 참아 내는 내가 공부가 모자란 거지."

"니는 좀 냄새에 둔하면 좋을 텐데 코가 눈보다 밝으니 어쩌겠누."

"치자도, 천리향도 엄마가 아끼는 꽃에선 다 엄마 냄새가 나서 좋아."

"나팔꽃 좀 봐. 저것이 야리야리해도 공중곡예 선수여, 선수!"

"나팔꽃도 색깔이 다 달라. 흰 것도 있고 보라도 있고 분홍도 있고."

"그래도 나팔꽃은 보라지. 보라가 조강지처고 딴 것들은 다 첩이여."

"엄마는 참, 애먼 데다 희한한 비유를 섞고 그러네."

"접시꽃은 흰 색깔이 제일이구."

"난 분홍이 좋아."

"하이고, 남우세스러운 거. 가시나 속곳에나 쓰는 야한 색깔을 사내 자식이 좋아한다냐?"

"나 참, 빨랫줄에 걸린 엄마 빤쓰도 분홍이더만?"

"그것이 분홍이것냐? 장밋빛이었는데 바래서 그런 거지."

"하이고, 분홍이나 빨강이나 거기서 거기지."

"아서라, 니 눈에는 맨드라미하고 분꽃하구 같아 보이냐?"

"그야 생판 다르지. 분꽃이 풋사랑이면 맨드라미는 상사병 수준이지."

"암만, 니 말 잘했다. 누가 뭐래도 나는 빨강이여. 사람이 지조가 있어 야지."

"그럼 엄마는 그리도 빨강이 좋다면서 작약이랑 모란이랑 철쭉이랑 분홍 때깔 나는 저것들은 왜 저리 많이 심어 놨어?"

"아야, 니는 삼시 세 끼 밥만 묵고 사나? 가끔 가다 수제비도 묵고 백 설기도 묵고 짜장면도 묵고, 안 그르냐?"

"얼라리, 엄마는 꽃 이야기 하다가 왜 스리슬쩍 먹는 얘기로 넘어가?"

"꽃이나 밥이나 매한가지라는 거지. 사람이 밥만 묵고 살라고 태어 난 게 아니니께. 니는 꽃 없는 세상에서 살 수 있것냐?"

"하루도 못 살지."

"긍게 꽃도, 사람도 색색대로 있어야 하잖것어?"

"얼라리, 엄마 시방 또 철학하는 거지?"

"워따, 니가 이 어미를 얕잡아 보는 것이냐?"

"나 참, 알았어. 멍석 깔 테니 읊어 봐요."

"세상에 좋은 것 나쁜 것이 어디 있것냐? 다 이유를 갖고 생겨났을 것인디. 내가 좋아하는 것과 니가 좋아하는 것이 있고, 일찍이 좋아한 것과 나중에 좋아하게 된 것이 있것지. 세상에 나쁜 건 없는 법이여. 열아홉 처녀 적에 좋았던 거, 애 낳고 보니 좋았던 거, 늙어지고 나니 좋아지는 거가 있을 뿐인 거지."

"나는 태어나기 전에도, 어렸을 적에도, 지금도, 앞으로도 항상 좋은 게 하나 있어."

"그게 뭐다냐?"

"엄마지!"

같이 있지는
못해도
잊지는 말자

"내가 가장 아름다울 때 사랑은 내게 없었다."

사랑했던 여자가 복사꽃 흩날리는 창가에서 아득하게 말했다. 놓쳐버린 뒤에 나는 사랑을 찾으러 갔다. 같이 있지는 못해도 잊지는 말자고 그녀가 촛불을 떨어뜨리며 말했다. 나는 복사꽃 피는 철이 오면 그녀가 있는 쪽을 향해 그리움을 내걸었다. 나는 사막을 제대로 구경한 적도 없고, 하늘이 변하는 것도 보지 못했다. 수년이 지나 그녀가 죽었다는 전갈이 왔다. 나는 그녀가 남긴 취생몽사라는 술을 마셨다. 모든 기억을 잊게 하는 술이라고 했다. 그러나 마실수록 그녀 생각이 더 또렷해졌다. 그녀가 내게 남긴 애잔한 농담이었다. 나는 그녀가 죽은 백타산으로 가서 서쪽에서 가장 독한 사내가 되어 살았다. 사랑은 살생하지 않으나 사랑을 품은 사람을 말라 죽게 만든다.

왕가위 감독의 영화 〈동사서독^{東邪西毒}〉을 요약하면 이렇다. 사랑을 잃고 쓴 모든 시들은 아름답다. 물러나는 사랑은 피를 토하듯 가장 요염한 시를 남긴다. 이별은 각양각색의 삶을 남긴다. 사랑할 때보다 오히려 더 진지하게 사랑을 바라보게 만들기도 한다. 영화에 구양봉이라는 전설적인 협객이 나온다. 그를 서독이라 부른다. 그가 사랑했던 여자는 자신의 형수가 되어 버리고, 그는 견딜 수 없어 황량한 사막으로 가 객잔을 차리고 풍운아가 된다. 그는 술회한다. 천하를 얻으려면 사랑을 버려야 하는 줄 알았다고. 누구나 산을 보면 그 너머엔 무엇이 있는지 궁금해한다. 막상 산 너머에 가보면 별 게 없다는 것을 알게 되고, 차라리 여기가 낫다고 여기게 된다. 그러나 그걸 알아챌 때는 이미 늦다.

무엇인가를 위해 다른 무엇을 버릴 필요가 없었다는 것을 뒤늦게 깨달은 자들은 뼈저린 비탄 속에서 살아가게 된다. 사랑에 있어서 늦은 깨달음은 무용하고, 참으로 쓰라리다.

수 화

手 畵

꽃들이 피어 서로 마주 보며 수화를 한다. 깔깔거리며 웃고, 장난치며
떠든다. 오래 참아서 그런가. 무진장 고요하게 시끄러운 저 꽃님들.
나를 보여 주기 위해 너를 듣기 위해 사람은 너무 많은 말을 공중에
쏟아 낸다. 사계절 내내 내보낸다.

돌담에 속삭이는 햇살의 귀엣말을 엿듣는다. 바람이 새잎에게 거는
연애를 본다. 너에게 말하지 않고 나의 사랑을 보여 주고 싶다. 네가
들려주는, 말 없는 그림의 말을 나는 보고 싶다.

봄 날 의

꿈

봄꽃은 태생적으로 서럽다. 짧고 엷고 가볍다. 열매를 위해서가 아니라 마치 피기 위해 피어난다는 듯이. 봄꽃은 꽃마다 내면을 살펴서 속성대로 섬세하게 구경해야 한다.

가령, 가까이에서 보아야 하는 꽃과 멀리서 보아야 하는 꽃이 있다. 복사꽃과 배꽃은 위 다랑논에서 아래 다랑논을 내려다보듯이 바라보아야 제대로 보인다. 과수원을 통째로 널따랗게 한눈에 담아야 장엄하다. 또 덜 피었을 때 보아야 하는 꽃과 활짝 피었을 때 보아야 하는 꽃이 있다. 벚꽃은 환한 웃음이 예쁜 꽃이다. 만개해서야 비로소 모든 근심의 그늘이 사라진다. 매화는 외유내강의 전범이다. 수

줍어하고 부끄러워하나 천성이 단아하다. 치마의 옆트임처럼 보일
락 말락 반개했을 때가 매혹적이다. 살포시 미소를 머금고 있을 때
매화는 뇌쇄를 흘린다. 산수유는 무리 지어 군집을 이룰 때 온전한
제 모습을 드러낸다. 산수유 꽃은 차분하지 못한 여자가 분통을 들
고 가다 발을 헛디뎌 허공에다 쏟아 버린 노란 분가루다. 백치미를
가진 여자처럼 몽환적이다.

봄꽃은 질 때 삶의 내력을 드러낸다. 목련은 자존의 끝까지 고개를
우아하게 쳐들고 순결을 밝힌다. 누렇게 변색될 때까지 진실을 말하
려 애쓴다. 화사했으므로 추한 최후도 마다하지 않는다. 매화는 여
리지만 결코 지는 법이 없다. 피어날 뿐 지지 않는다. 스스로 꽃잎 하
나하나를 떼어내 바람에 실어 풍장한다. 흩어져 사라질 뿐 먼지를
덮고 땅에 눕지 않는다. 동백은 참혹하다. 나를 지킬 수 없다면 내 목
을 치라고 단호하게 말한다. 계백 장군의 여자다. 구차하게 매달려
애원하는 법이 없다. 선혈을 흘리며 땅에 뒹굴어서야, 분연히 죽어
서야 비로소 몸을 더럽힌다.

나는 다시 환생한다면 꽃나무로 태어나기를 원한다. 매화처럼 피어
목련처럼 살다 동백처럼 지려고 한다. 황홀한, 봄날의 꿈이다.

물
오르다

"꽃님, 오리나무에 물오르는 것 좀 보아."

"벌써요? 근데 물오른다는 말, 참 좋지 않아요?"

"그러고 보니."

"신선하고 맑은 수액이 온몸 구석구석 수혈되는 게 상상되지 않아요?"

"사람의 심장이 펌프질을 해서 푸른 피를 보내듯이?"

"참 고마운 일이에요."

"뭐가?"

"겨우내 얼어서 아직 몸이 풀리지 않았을 텐데 가지 끝까지 물을 올리느라 애쓰는 뿌리들 말이에요."

"그렇지. 산다는 게 나무나 사람이나 그렇게 애쓰는 거지. 당신은 별 게 다 고마운 사람이야. 참 착해."

"물구나무서서 우유를 빨대로 빨아 먹는다고 생각해 봐요, 안 힘들 겠어요?"

"하하, 해볼까? 이왕이면 초코우유로 부탁해."

"당신은 예전이나 지금이나 늘 철없어요."

"하하, 내가 철부지여서 싫어?"

"아니요, 좋아요."

"봄이 좋아, 내가 좋아?"

"봄은 되바라진 야살쟁이 같고, 당신은 물오른 개구쟁이 같고."

"하아!"

봄이니까

용서함

"꽃님, 우리 매화 보러 갈까?"

"벌써 피었대요?"

"금둔사 납월매는 붉게 해탈했다 하고, 선암사 홍매는 아직 정진 중이라 하고, 백양사 고불매는 동안거 해제가 가까웠다 하고, 산천재 남명매는 묵언수행 중이래."

"당신은 매화 파수꾼이에요. 매화가 그렇게 좋아요?"

"말해서 뭣해."

"얼마나 좋은데요? 나보다 좋아요?"

"있잖아. 마당에 명석 펴고 그대랑 유채꽃 비빔밥을 달게 먹는데 말야. 달님이 목을 길게 빼곤 내려다보는 거지. 그러다간 도저히 못 참고 체면도 잊고 숟가락을 들고 밥상머리에 껴 앉는 거지. 그러면 별들이 가만있겠어? 덩달아 다투어 마당에 내려와 뒹굴고 국그릇에 빠지고 난리겠지. 그대랑 살면 그래. 조용한 날이 없어. 날마다 황홀해."

"듣기 좋아요. 당신은 천생 시인이에요. 계속해 봐요."

"더 하라구? 그니까 그대 때문에 밤하늘이 캄캄한 거지. 별도 달도 내려와 버려서."

"아아, 안 돼요. 내 잘못이에요."

"아무래도 봄밤에는 마당에서 밥 먹는 일을 조심해야겠어."

"좋아요. 우리 매화 보러 가요."

"가는 건 좋은데, 걱정이야."

"왜요?"

"그대가 가면 틀림없이 매화가 져버릴 텐데 말야."

"아니, 그건 왜요?"

"꽃들이 눈이 멀거나 파랗게 질리거나 활활 불타버릴 텐데…."

"당신, 자꾸 옳은 말만 정직하게 할 거예요?"

"미안해. 오리나무처럼 나도 물이 오르나 봐."

"봄이니까 용서해 줄게요."

"하아!"

첫

경 험

뚝섬 역 부근 좁은 골목길 안에 '비사벌전주콩나물국밥' 식당이 있다. 심심치 않게 해장하러 다니는 나만의 숨겨둔 맛집이다. 아무나 데려가지 않는다. 봄밤에 취해서 해장이 그리웠다. 친해지고 싶은 사람을 불러내 콩나물국밥의 정수를 보여 주었다. 그는 맑고 시원하고 깊은 맛에 열광했다. 나는 국물 맛이 아니라 그의 수다스런 열광과 찬양을 음미하며 먹었다. 그에겐 생애 처음이고 나에겐 무덤덤한 반복이다. '첫'을 아껴야 하는 이유이리라.

새봄이다. 내 생에 이 봄은 처음이고 단 한 번뿐이다. 열일곱 살의 첫눈, 스무 살의 첫사랑, 서른 살에 내게 온 첫아이처럼 순결하고 고귀하다. 새잎의 잎맥 하나하나를 헤아려 가슴에 새겨 둬야지.

냉이밭에
앉아서

두어 줌 냉이를 캐러 호미를 들고 산밭으로 나섰다. 호미질을 하는데 겨우내 헐거워진 손잡이가 휑하니 슴베를 밀어낸다. 낯선 햇빛이 부신지 슴베는 녹슨 손으로 연신 눈을 비비댄다. 처음 봄 구경을 나왔으리라. 자루 안에 밀어 넣는 게 가혹하게 여겨져 냉이밭에 주저앉아 한참을 바라보았다.

슴베라는 말은 가슴 아픈 말이다. 가슴을 베이고 깊이 웅크린 말이다. 어둠에 박혀 끝내 상처를 드러내지 않는 말이다. 숨죽이며 그리움의 끝을 닳도록 벼리고 산 어머니를 닮은 말이다. 나는 묵묵히 슴베를 자루 안으로 밀어 넣는다. 냉이 뿌리가 박힌 저 아래까지 깊게 호미 날을 박아 넣는다. 혈액을 뜨겁게 덥히는 냉이된장국을 먹어야 겠기에. 흙에서 살냄새가 진동한다.

쑥국을
먹으며

들떠서 참지 못하고 뛰쳐나온 시골 처녀. 신춘문예에 뽑힌 새봄의 신작시. 대지의 여신이 봄에게 몸을 허락하여 얻어낸 첫아이. 쑥은 온유하며 거침없고 친화하는 성품을 지녔다. 봄의 전령사, 쑥은 그 윽한 노장에게 가서 야생의 이력을 풀어 놓는다. 오래된 그리움의 결정, 고독을 발효시킨 된장을 만나, 쑥은 비로소 따스한 체온이 되어 식물에서 동물의 몸으로 스며든다. 된장국물은 말갛고 쑥은 향기를 풀어낸다. 쑥의 연두는 사람의 피를 붉게 한다.

쑥의 성정은 따뜻하고 쓰고 떫다. 봄이 쑥을 봄의 서막에 내보내는 이유가 있다. 겨우내 생장을 멈춘 동물의 혈관은 느리게 피가 돈다. 털가죽 부근의 지방층에 기름기를 보내려 모든 조혈기관이 집중한다. 까닭에 동물의 내장은 비어서 맑고 차갑다. 차가워진 몸은 마르고 정신은 가팔라진다. 이 위태로운 시간에 대지는 흙의 자궁을 열어 동물의 차가운 몸을 덥히고 꼬인 창자를 풀어줄 따뜻한 풀싹을 내보낸다. 사람은 노루와 사슴과 고라니가 뜯고 간 자리에서 쑥의 무독함을 처음 알게 됐을 것이다. 쑥은 그렇게 동물의 허기와 차가운 체온을 쓰다듬었고 구원했다. 살아 있는 생명들에게 엽록소를 공급하는 채소 공장이 됐다. 그리하여 옛 단군의 사람들은 쑥을 사람이 되게 하는 풀로 받들고 칭송했을 것이다.

쑥은 밭두렁 아무 데서나 질펀한 생명력을 과시한다. 쑥쑥 자라서 사람의 전범이 된다. 쑥을 섭취한 육체의 오르간들은 활발발 피스톤을 움직이고, 심장의 발전소는 압력을 높여 푸른 피를 세포마다 배급한다. 남자의 여자는 옆구리에 바구니를 끼고 봄나물을 뜯으러 나서고, 여자의 남자는 고로쇠나무를 찾아 도끼를 메고 산비탈을 범 같이 오른다. 여자는 자기의 남자를 위해, 남자는 자기의 여자를 위해 산과 들을 헤집는다. 쑥된장국을 먹고 돋아나는 춘심을 주체하지 못한다.

내 마음을
알아주는
친구

지기는 지기지우^{知己之友}에서 온 말이다. 내 마음을 알아주는 친구란 뜻이다. 그런데 한자어가 아닌 우리말 지기는 두 팔과 두 다리를 일컫는다. 그래서 국어사전에는 없지만, 요즘 많이 쓰는 옆지기라는 말이 '내 팔다리와 같이 항상 곁에 붙어 있는 친구'를 말하는 게 아닐까 싶다. 옆지기 말고도 지기를 갖다 붙이는 말들이 많다. 등대지기, 별지기, 카페지기, 나무지기. 이때의 지기는 '지키는 사람'이란 뜻이다. 지켜주려면 언제나 곁에서 바라보아야 한다. 그래서 지기 속에는 '늘', 한결같이'라는 의미가 내포돼 있다. 그러니 소중하고 귀한 말이다.

이토록 좋은 지기란 말이 일상에서 잘 쓰이지 않는 이유는 호칭으로 사용되지 않아서일 것이다. 대놓고 부르기 좋은 말의 자리를 '친구'와 '동무'가 차지했다. 부를수록 친근하고 정겨워지는 말이지만, 동무는 이념의 대립이 삼켜 버린 안타까운 말이 되었다. 나는 구어체를 구사할 때는 친구를 사용하고 문어체로 쓸 때는 아취 있는 '벗'이라는 말을 쓴다. 벗은 옛말 '벋'에서 왔다. '뿌리가 벋어 나간다' 할 때, '손을 벋어 잡는다' 할 때의 '벋'이다. 그러니 벗이란 친밀의 확장, 그리고 아주 가까움을 담고 있는 말이다. '벗이여!' 하고 첫머리에 부를 때 내 마음이 곧장 그에게 달려가 닿을 것 같다.

벗이여, 손을 벋으면 닿는 자리에 벚꽃이 피었구나. 같이 놀자. 이 아니 좋은가!

그
여 자

웃을 때 눈이 없어지는 여자. 약속 시간에 늦으면 밉지 않게 화를 내는 여자. 곁에 치자꽃을 두고도 모기향 냄새를 더 좋아하는 여자. 비가 그친 날 항상 우산을 택시에 실어 보내는 여자. 어려 보이기 싫어 커트를 하고 더 어려 보이는 여자. 마음이 가출해 마음의 행방을 모르는 여자. 재미있는 얘기를 해주면 금세 고분고분해지는 여자. 줄거리가 무척 단순한 여자. 밥을 먹을 때 꽃보다 환해지는 여자.

몸에서 쑥 향기가 스며 나오는 여자. 만지면 풍금 소리가 울려 나오는 여자. 잊으면 영영 잊힐 것 같아서 자꾸만 생각하게 되는 여자. 아침 일찍 전화를 해놓고는 미안하다고 전화를 끊으려는 여자. 알콜에 몸을 맡길수록 웃음을 쏟아내는 여자. 신통치 않은 시도 낭랑한 목소리로 읽어 주면 좋은 시라고 믿는 여자. 가끔씩 순대 생각이 간절하다는 여자. 심증은 있으나 물증이 없는 여자.

게보린 같은 여자. 읽지 않은 번안소설 같은 여자. 풀꽃반지 같은 여자. 이끼 같은 여자. 바랜 단청 같은 여자. 먼지 같은 여자. 여우볕 같은 여자. 구름 같은 여자. 허공 같은 여자. 강물 같은 여자.

좋아해도 되는지 물어보지 못한,
봄 같고 가을 같고,
애타는!

춘천
가는
기차

춘천에는 시인이 산다. 나는 시인을 만나러 춘천에 간다. 아니다. 시인은 핑계고 그냥 춘천이 보고 싶어 춘천에 간다. 봄이 아니라도 춘천은 항상 봄인 것 같으니까. 유안진 시인의 시에도 내 마음이 고스란히 나온다.

까닭도 연고도 없이 가고 싶지
얼음 풀리는 냇가에 새파란 움미나리 발돋움할 거라
녹다만 눈 응달 발치에 두고
마른 억새 깨 벗은 나뭇가지 사이사이로
피고 있는 진달래꽃을 닮은 누가 있을 거라
왜 느닷없이 불쑥불쑥 춘천에 가고 싶어지지
- 유안진의 시, 〈춘천은 가을도 봄이지〉 부분

경춘선은 빗속에 갇혔다. 사람들이 접어 드는 젖은 우산에서 오이 냄새가 난다. 오래된 영화관에서 상영하는 웨스턴무비처럼 소란이 끓고 말발굽 소리가 울린다. 내 안에는 내 안에서 길을 잃을지 모르는 사랑이 타고 있다. 사랑이 양각으로 존재를 밀고 들어오면 나는 음각으로 새겨진다. 메밀묵인 듯 받아들이지 않으면 나는 사랑에 눌려 구겨질 것이다. 기차가 커브를 돌며 덜컹거릴 때마다 내 가슴에 새겨진 별자리에서 불이 켜진다.

기차는 백양리 역의 백양나무 터널을 지나간다. 김유정 역을 지나며 기차는 동백꽃 뚝뚝 떨어지는 지난 봄 쪽으로 쏠린다. 북한강의 굴곡을 몸으로 받아들이며 느린 유속을 헤아리며 멈출 듯 멈추지 않는 길 위의 시간들을 기차는 나아간다. 안개에 갇힌 수목과 세월과 그리운 것들 사이로 길을 내며 흘러간다.

가출한 사랑은 길을 잃지 않고 내게 도착할 수 있을까. 무수한 별들이 태어나고 소멸해 가는 곳, 푸르고 시린 우주의 계절이 봄으로 휴전한 곳. 짙은 물안개 핀 그곳에 한 남자가 끌고 다니는 생애의 기차가 멎는다. 사시사철 아린 봄, 나는 춘천이다.

봄에
학교가
시작되는
이유

봄은 사람의 옆모습 같은 계절이다. 여름은 사람의 앞모습이고 가을은 사람의 뒷모습이다. 사람은 앞모습을 보며 논쟁도 하고 입술을 맞대고 와락 껴안기도 한다. 앞모습은 치열하고 뜨겁고 직설적이다. 여름의 성정을 닮았다. 뒷모습은 등을 돌린 배반이거나 단절의 굳은 의지거나 측은한 연민이거나 이별하는 슬픔이다. 가을의 비애를 닮았다. 그러나 옆모습은 적대하거나 배반하지 않는다. 뜨겁지 않지만 아프지도 않다. 옆모습에는 계급도 권력도 없다. 서로 어깨동무하고 연대한다. 하물며 멀리 가는 새들의 편대마저 그렇다. 나란히 횡으로 앞서거니 뒤서거니 나아가고 저물면 함께 날개를 접는다. 그것이 연약한 듯 강한 봄의 힘이다. 남녘 끝에서 어깨를 걸고 조용히 밀고 올라와 나라의 온 산천을 초록으로 확 불 질러 버린다.

봄에 학교가 새로이 입학생을 받고 새 학기를 시작하고 새로운 선생님을 배정하는 이유는 귀천과 상하 없이 사귀고, 모두 금세 친해지라는 뜻이다. 봄에 소풍을 가고 수학여행을 가는 것도 순전히 그런 이유 때문이다. 봄이 다시 왔는데도 여전히 비어 있는 꽃자리가 있다. 내 옆자리에는 네가 와서 앉았으면 좋겠다. 나는 앞모습 반, 뒷모습 반인 너의 옆모습을 살짝살짝 훔쳐보며 설렐 것이다. 힌트를 하나 주자면, 네가 먼저 내게 말을 붙이는 게 우리가 친해지는 데 훨씬 시간을 절약하는 일일 것이야.

진메
마을
가는 길

섬진강 상류에 봄을 풀어둔 사람을 만나러 갔다. 부지런한 그 사람이 물푸레나무 군락을 쓰러뜨려 강에 부려 놓았는지 강물이 온통 새파랬다. 나는 푸른색 잉크물이 사람을 아프게 할 수도 있다는 걸 처음 알았다. 걸으면서 내내 나는 전나무 같은 신음소리를 냈다.

강물에서 영혼의 냄새가 났다. 시원에서 흘러오는 저 냄새를 맡으며 은어 떼도 연어 떼도 거슬러 오르는 것이리라. 나는 내 본능의 지느러미를 궁금해하며 자늑자늑 걸었다. 걸으면서 나는 내 안의 벽돌들을 하나씩 빼서 강물에 던졌다. 겨우내 쌓아 올린 독존의 성곽이 무너졌다.

이따금 그대를 잊으며 살았다. 꽃다지 자운영 꽃마리, 그대에게 준 내 마음을 저 이쁜 꽃들에게 빼앗기며 살았다. 그대를 사랑하는 나의 방식이었다. 후회하지 않는다. 내 사랑이 비단 그대에게만 머물지 않는 무소유한 사랑이 되었다. 지금 내가 걷는 이 길도 강의 굴곡을 따라 산자락 안으로 숨어들었다가 그리워지면 다시 강 곁으로 간다. 이 길이 끝나면 강도 길도 한 생을 잘 살았구나, 서로의 등을 토닥거리며 인사할 것이다. 그러니 나도 그대도 잘된 것이다. 살아 낸 것이다.

섬진강, 저 착한 물처럼 그대도 나도 순하게 굴곡을 흘러가는 것이다.

첫 사 랑 의
연 구 수 업

그녀는 자애로웠네. 아름답고 총명했지. 어여쁜 나의 선생님. 그녀는
내게 속삭이듯 자상하게 일러 주었네. 어느 시간에 무엇을 내게 질문
할 것인지, 내가 어떤 자세로 어떻게 답변해야 하는지. 그러면 그녀는
얼마만큼 미소를 지어 보일지, 어떨 때 싫어하고 시무룩한 표정을 지
어 보일지. 그렇게 우리는 다정하게 입을 맞추었지. 모든 약속이 정해
지고 우리는 똑같은 실험을 되풀이했네. 한 치의 실수나 오차가 없도
록. 리트머스 시험지가 지겹게 봉숭아 꽃물을 빨아들였지.

그날은 일찍부터 대청소를 하고 용의검사를 하고 창가에 백합꽃을 한아름 꽂아 두었네. 그녀는 눈부시게 흰 드레스를 단정하게 차려입었고, 나는 내가 가진 옷 중에서 가장 깨끗한 옷을 입고 갔지. 많은 증인들 앞에서 그녀의 목소리가 가녀리게 떨렸어. 예정에 없는 약간의 착오가 있었지만, 약속한 대로 나는 적색과 청색으로 오차 없이 물들어 갔지. 그때마다 그녀는 미소를 접어 내 가슴에 꽂아 주었어.

내가 세상에 와서 처음으로 사랑한 여자. 유난히 예쁘게 화장한 나의 선생님. 종료 타종과 함께 끝나 버린 사랑의 연구수업. 아, 잊지 못할 나의 첫사랑!

실 상 사
수 선 화 곁 에 서

그늘은 늘 오롯한 위안입니다. 그늘진 자리에 들면 비로소 잠시 내
가 삶을 비우고 나온 이루 말할 수 없는 무량한 것들과 숨이 멎을 것
같은 환한 고요가 젖은 눈을 열고 들어옵니다. 실상사 뒤란, 부도 밭
의 어린 제비꽃들이 햇살로 짠 날개옷을 입고 팔랑거리고, 생리통을
앓는 배롱나무들이 지그시 하혈을 누르고 있습니다. 나는 양지에 펼
쳐진 햇살의 페이지보다 그늘이 집필한 더 짙은 그늘의 산문을 읽고
싶어 합니다.

절 마당 어귀, 유독 햇볕 푸른 곳에 수선화가 툭툭 피어나 고개를 숙이고 있습니다. 향기를 가진 식물은 슬픔도 휘발하는 듯 수선화의 내면이 그리 그늘져 보이지 않습니다. 코끝을 대려는데, 닿기도 전에 꽃대가 뒤로 휘청 목을 젖힙니다. 꽃대에 기대어 있던 바람이 놀라 비틀거리다 벌어진 작은 소란입니다. 어디로 가던 바람인가, 얼마나 오랫동안 기대고 있었는가, 꽃향기가 스며든 몸이 가벼워졌는가. 나는 바람에게 궁금한 것이 많습니다.

나도 수선화에 기대어 한나절 물들다 가고 싶다는 생각을 합니다. 그러다 이내 고개를 가로젓습니다. 여기가 실상사實相寺인 줄 생각해낸 것이지요. 실상, 있는 모습 그대로 살아가는 것이 참다운 삶의 모습이라면, 내 안에 돋친 깊은 원망의 가시나, 자꾸 그늘 쪽으로 흐르는 감정의 조류도 내가 길을 내고 내가 지어낸 나의 실제이겠지요. 내 안에 둥지를 튼 그대가 내 번민의 근원이 아니었음을 이제 깨닫습니다.

순순히 봄날의 아픈 그늘을 받아들입니다. 수선화에게는 향기를 덜어줄 바람이 있고, 바람에게는 자유로이 머물 허공이 있고, 내게는 생의 그늘이 있습니다. 그 그늘의 무게가 내 들뜨는 영혼을 눌러 줍니다. 휘발하지 않도록 지그시, 땅 위에 머물도록 아릿하게.

내 안에 둥지를 튼
그대가 나 아니면의
근원이 아니었음을

빌려 쓸 수
없 는 것

딸애는 내가 옆에 있건 없건 가리지 않고 오빠라는 남자와 통화도
하고 카톡도 합니다. 누굴 닮아서 저러나 싶다가도 내 어릴 때는 상
상도 못할 거리낌 없고 자유분방한 모습이 보기 좋아서 그냥 웃음
짓고 맙니다. 나는 딸애가 그 오빠와 헤어지게 되더라도 상처는 받
지 않았으면 하고 바랍니다. 딸애에게 내 어머니 말씀 중에 전해 주
고 싶은 말이 있습니다. 내가 새기며 살듯이 딸도 그랬으면 좋겠습
니다. 옛날 말이지만 지금도 쓸 만합니다. 많은 것이 변하고 달라지
지만 좀체 변하지 않는 삶의 이치가 있는 것 같습니다.

"다 빌려도 빌릴 수 없는 게 세상에 딱 하나 있어야. 괭이며 장도리며 연장은 남에게 빌려다 쓸 수 있고, 놉도 얻어다 쓸 수 있잖어. 근데 한 줌이면 되는 남의 마음은 빌릴 수도 살 수도 없어야. 퍼내고 퍼내도 마르지 않는 게 마음인데도 내 마음처럼 그 한 두레박 퍼내기가 참 힘들어야. 그러니 내가 준 만큼 돌아오지 않는다고 남의 마음 때문에 아파하고 서운해할 일 아닌 거지. 무디면 무딘 대로 내 마음을 닦아서 쓰면 되는 거지."

summer

여름

붉은
사랑

미친 여자가 우리 동네에 흘러들어와 살았다. 예전엔 어느 마을이나 비렁뱅이나 미친 여자를 한둘쯤 품고 살았다. 미친 여자에게는 부풀려지고 와전된 '미친 사랑의 전설'이 있게 마련이다. 멀쩡하고 아리따운 처녀가 왜 저 지경으로 미치게 됐는가에 대한 비극 소설. 실연이 너무 지독하면 사람의 정신은 전구의 필라멘트처럼 어느 순간 툭 끊어져 버리기도 하니까.

그녀에게 사랑하는 도회지 남자가 있었다. 불장난이었던 남자는 그녀를 남겨 두고 홀연히 종적을 감추었고, 뱃속에 있던 태아를 부모는 모질게 지워 냈다. 그녀는 견디기 힘들었다. 사랑을 잃고 목숨 같

은 분신마저 잃자, 가까스로 버티던 그녀의 삶은 일시에 암전돼 버
렸다. 그녀는 느닷없이 웃음을 터뜨리고 까닭없이 울고 혼자 웅얼거
렸다. 그녀는 밤과 낮을 구분하지 못했고, 집을 나와 되돌아가는 길
과 자신의 정체를 놓쳐 버렸다. 그녀는 그렇게 우리 마을에 흘러들
어 왔고 마을은 그녀를 동리의 일원으로 거두어 먹였다.

나는 무서워서 그녀를 피했으나 점점 무덤덤하게 받아들였다. 학교
를 마치고 돌아오면 그녀는 내 뒤를 졸졸 따라왔다. 어린 나에게 해
코지를 한 것은 아니었으나 가까이하기엔 힘들었다. 그녀에게 나는
가끔씩 손에 들고 있던 먹을거리들을 건네주곤 했다. 그녀는 팔짝팔
짝 뛰며 그것을 달게 받아 먹었다. "맛있어?" 하고 내가 물으면 히
죽 웃으며 몸을 배배 꼬았다. 상급학교에 진학하면서 나는 마을을
떠났다. 어느 해 여름방학 때 시골에 내려와서야 나는 그녀가 마을
에서 사라진 것을 알게 되었다. 미친 여자가 없는 마을은 수몰지구
처럼 외로움의 저수지에 잠긴 듯했다. 나는 이따금씩 그녀를 떠올렸
다. 그녀처럼 온전히 생을 놓아 버리는, 그런 붉디붉은 사랑을 해보
고 싶다는 생각을 그 나이에 했다.

오래된
매듭

"엄마, 이제 여름이 지치나 봐요. 햇살의 끝이 둥글어졌어요."

"씨방이 여물었응게 곧 노릇노릇 나락 익는 냄새가 진동할끼다."

"가을로 넘어가는 볕은 참 좋아요."

"햇솜으로 지은 신혼 이불 같지야. 이맘 때 볕은 첫날밤과도 안 바꿔야."

"그러고 보니 엄마 신혼 얘기를 한 번도 들어본 적이 없네요."

"옛날 사람들이야 혼례 치룬 그날부터 시집살이니께 신혼이란 게
어디 있긋냐?"

"아버지 처음 만났을 때 어땠어요? 나처럼 멋졌어요?"

"얼어 죽을! 니한테 비하믄 택도 없지. 사람이 아녔어야."

"엥, 아버지가요? 설마요?"

"내가 사람을 맹글어 볼라고 무진장 애를 썼는디 배추 포기 세듯이 포기해 부렀다. 아이구, 난봉도 그런 난봉이라니."

"엄마, 아버지뿐만 아니라 세상 남자들은 다 죽을 때까지 사람이 안 된대요. 엄마가 포기하길 잘 하신 거예요."

"오메, 니가 웬일로 내 편을 다 든다냐? 니는 항상 어느 편도 안 들어서 대견하믄서도 한편으론 서운했는디."

"부모 자식 간에 니 편 내 편이 어딨어요? 다 우리 편이죠."

"이왕 말이 나왔응게 내가 니한테 물어보고 잡은 게 하나 있어. 니도 이젠 성인이 됐고, 우리가 서로 얼굴 붉힐 일 없응게 내가 물어봐도 될랑가 모르것다."

"뭔데요?"

"니 아부지가 미쳐서 뻔질나게 드나들던 읍내 술집 기억허냐?"

"네, 기억해요. 그 과부 아줌마네 술집이요."

"그 과부댁이 니를 이뻐한 것도 기억허냐?"

"으음, 그랬던 것 같아요."

"니 아부지 찾으러 니 형이랑 니를 앞세우고 그 과부집에 갔을 때 말이여. 만취한 니 아부지를 부축해서 나오는디 그 년이 니 바지 주머니에 잽싸게 지폐를 찔러 넣는 걸 내가 봤어야."

"아주머니가 돈을요?"

"그런디 니가 몇 발작 걷드만 그 돈을 주머니에서 빼서는 그 년을 향해 휙 던져 불고 오드란 말이여. 니, 그때 왜 그랬다냐?"

"으음, 전 기억이 안 나는데요."

"거짓부렁하지 말고 털어놔 보랑게. 니가 세 살 적 일도 기억하는 걸 내가 아는디 니가 국민학교 다닐 적 일을 모른다구? 구신을 속이지 나를 속여 먹을라고 그르냐. 모자지간에 못 할 말이 뭐가 있긋냐. 솔직허니 얘기해봐라."

"실은요. 저도 그 돈이 탐났어요. 그 돈이면 과자랑 딱지랑 유리구슬을 마음껏 살 수 있었으니까. 근데 엄마가 그 과부 아줌마에게 아무 소리도 안 퍼붓고 아부지만 모시고 나왔잖아요. 난 그때 엄마가 멋지다고 생각했어요."

"그랬지. 내가 고년 머리끄덩이를 쥐어뜯어 버리고 싶었는디 꾹 참고 나왔지. 잘못은 니 아부지가 했웅게."

"그 아줌마가 나를 귀여워해 주는 게 되게 좋았었는데, 아무에게나 귀여움 받으면 안 된다는 걸 그때 알았어요. 나한테 좋은 게 누구에게는 슬픈 일이 될 수도 있다는 걸 그날 엄마를 보고 알게 됐어요. 그래서 그랬어요."

"그래, 고맙다, 내 새끼! 니가 그랬을 줄 알믄서도 나는 여즉껏 고것이 궁금했어야. 저 어린 것이 무슨 속이 있어 그랬을까 고것이 참말로 궁금했어야. 니하고 내 사이에 지어진 오래된 매듭 하나가 이제사 시원하게 풀렸어야."

길 이
나 를
키 웠 다

사람에게는 어떤 기억의 공간이 있다. 내게는 유년의 오솔길이 그렇다. 학교로 가고 오던 길에 필요한 건 동무와 놀이였다. 그것이 그 긴 거리의 무료함과 반복의 지루함을 극복하게 해 줬다. 우리는 늘 모여서 함께 다녔고 어떻게든 재미를 개발했다. 흔하게는 아카시아 잎 가지를 꺾어 낱 잎 떼어내기 가위바위보 게임을 한다든지, 보리밭에 들어가 보릿대를 꺾어 풀피리를 만든다든지, 익어 가는 밀 이삭을 서리해 불을 지펴 구워 먹는다든지. 동무를 골탕 먹이는 짓은 더 재미를 배가했다. 길 가운데 난 왕바랭이 풀 양끝을 묶어 놓고는 뒤에 오는 녀석이 발이 걸려 꽈당 엎어지는 모습을 보면 그렇게 신이 날 수가 없었다. 오리나무의 검은 열매나 편백나무의 파란 열매는 전쟁 놀이에 사용할 무한정한 실탄이었고, 산딸기와 오디와 버찌와 다래와 으름은 즉석에서 조달 가능한 보급식량이었다. 잎이 너른 떡갈나무나 토란 잎은 엮기 좋아서 위장용 고깔모자로 만들기에 적격이었다. 왕골, 창포, 갈대 잎은 가지런히 엮고 매듭지어 포로가 된 곤충을 가두는 곤충채집통을 만들 수 있었다. 마을로 들어가는 우마차와 트럭은 수송차량처럼 우리를 진지로 실어 날랐다.

길에서 우리는 유년의 삶을 살았고, 우정을 나눴고, 평화를 발명했다. 그 길이 사라졌고, 유희가 사라졌고, 그 길 위의 아이들이 사라졌다. 아스팔트가 발라진 새마을에 아이 없는 노인들이 최후를 살고 있다.

우 등 상 의
비 밀

장이 서는 날이면 엄마는 평소 안 하던 화장을 합니다. 집안의 가재
도구들도 덩달아 분홍으로 채색됩니다. 꽃신을 꺼내 신은 동리 아줌
마들이 하나둘 당산나무 밑으로 모여듭니다.

"엄마, 어디가?"

밥을 먹다 말고 나는 능소화처럼 하늘거리는 엄마에게 묻습니다.

"응, 장에 가서 쌀 팔아 올게."

우리 집이 풍족한 집이 아닌데 매번 어디서 쌀이 솟아나는지 엄마는
장날마다 팔고 온다고 합니다. 우리 엄마가 신데렐라인가 의심도 해
봅니다. 쌀을 물어다 주는 게 참새일까, 생쥐일까 추리도 해봅니다.

나는 신기, 신기합니다. 엄마가 장에 간 틈을 타 우리는 구슬치기도 하고 딱지치기도 하며 해방된 시간 동안 성심을 다해 놉니다.

해가 뉘엿뉘엿 질 무렵, 엄마는 옷고름 입에 물고 쌀자루를 머리에 이고 손에는 장바구니를 들고 옵니다. 엄마 마중을 나가 장바구니를 받아 들고 끙끙대며 돌아올 때, 나는 괜스레 서러워집니다. 쌀자루를 받아들 힘이 모자란 어린 나이가 서럽고, 결국 쌀을 못 팔고 다시 이고 오는 엄마의 고생이 눈물겹습니다. 나는 운동화 사달라는 소리를 못내 삼킵니다. 엄마를 위해서 공부를 더 열심히 해야겠다고 가슴에서 우러나는 다짐을 합니다. 우등상을 싹쓸이한 나의 비밀은 엄마의 쌀자루였습니다.

나중에 내가 고등학생이 되어서야 '쌀 판다'는 말이 '쌀을 산다'는 말인 줄 알게 됐습니다. 그걸 처음 알게 된 날, 나는 억울해서 미칠 뻔했습니다. 우등상이고 뭐고 다 무르고 싶었습니다. 쌀 살 돈이 있었다는 건 내 운동화 살 돈도 있었다는 건데, 나는 지레짐작으로 아주 사려 깊고 청렴한 초등시절을 보낸 것이었습니다.

"아이씨, 엄마, 졸라 나빴어!"

배롱나무
아래에서

여름 꽃이 지고 있다. 곧 가을임을 알겠다. 루쉰은 아침에 떨어진 꽃을 저녁에 줍는다고 했다. 시간을 늘려 찬찬히 돌아보려는 그 마음을 알겠다. 가까스로 저녁을 견딘 꽃은 밤새 뒤척이며 생각했을 것이다. 꽃의 일은 무엇인가, 꽃의 마지막은 어떠해야 하는가. 그리하여 꽃은 향기를 머금은 채 아무에게도 보이지 않고 이른 새벽에 홀연 자진했을 것이다.

마당을 쓸다 비를 내려놓고 붉은 꽃그늘 아래 우두커니 서서 향기에 젖어 드는 남자가 있다. 그는 꽃이 진 자리를 쓸어 내지 못하고 말없이 아침 햇살이 내려앉은 우물가로 간다. 남자는 여름의 푸른 얼룩이 남은 얼굴을 씻어 내며 일어설 줄 모른다. 남자의 등짝에 쏟아진 햇살의 비늘이 등이 요동칠 때마다 풀풀 날린다. 그의 심중에는 아직 못 잊은 계절과 아직 남은 사람이 있는 것이다. 아침에 떨어진 꽃을 저녁에도 줍지 못하는 남자가 있다. 팔월의 저녁은 나무 위보다 나무 아래가 더 붉겠다.

시간
이야기

1

K는 자신의 인생을 일곱 등분했다. 필요한 것이 있어서 돈으로 바꾸기 위해서였다. 한 토막 당 한 개의 금화로 맞바꿀 수 있었다. K는 일곱 개의 금화로 그가 욕망했던 것들을 샀다. 다행히 K는 금화 세 개를 남겨 다시 자신의 인생을 사기로 했다. 과거 한 토막, 현재 한 토막, 미래 한 토막이면 충분하지 않을까 생각했다. 그런데 팔 때와 달리 살 때는 금화 세 닢 당 인생 한 토막이라는 가격표가 붙어 있었다. K는 하는 수 없이 고민 끝에 '미래'를 샀다. 능란하게 거래를 한 상점 주인은 '시간'이었다. 시간이라는 장사꾼은 냉정해서 결코 손해 보는 법이 없다. K는 나중에 알았다. 그가 금화 네 닢으로 구입한

것들은 이미 자기 인생 안에 있던 것들임을. K는 상점 진열장의 휘황한 불빛 아래 진열된 사랑과 행복과 행운과 젊음이 그토록 좋아 보였던 것이다. K는 인생을 팔아 구입한 그 보물들을 애지중지 아꼈으나 한 번도 사용해 보지 못했다. 불행하게도 그것들은 현재가 아니라 미래에 소속돼 있기 때문이었다. 시간은 언제나 인간과의 거래에서 돈을 번다. 인생이 자신의 수중에 있을 때는 제값을 받을 수 있지만, 그것을 시간의 수중에 맡기면 그 순간부터 헐값이 된다는 걸 사람들이 자주 잊어버리기 때문에.

2

K는 서점에 가서 세 권의 책을 샀다. 한 책은 저자가 10년의 연구와 집필 끝에 완성한 역사서였다. 다른 한 책은 저자가 3년 동안 사막을 탐험하고 쓴 여행기였다. 또 한 책은 시집이었는데, 시인은 30년 동안 쓴 과작들을 엄정하게 가려 일생의 시집 한 권을 상재했다. K는 카운터에서 책값을 계산할 때 자기도 모르게 이맛살을 찌푸리며 책값이 비싸다고 투덜거렸다. 집에 돌아와서 K는 세 권의 책을 읽다가 문득 세 저자가 책에 투입한 시간을 셈해 보았다. 총 43년의 시간이었다. 우연하게도 K가 살아온 시간과 일치했다. 43년의 인생을 단돈 몇 푼에 사들이면서 투덜거린 자신이 문득 부끄러워졌다. 시집의

시들은 영혼의 뼈를 드러내고 있었고, 여행기에서는 앞을 분간할 수 없는 사막의 모래바람이 휘몰아쳤고, 역사서에서는 철필로 쓴 활자들이 민초의 무덤을 열고 나와 생생하게 활보하고 있었다. K는 자신의 생애 위에 다시 43년의 시간을 포개어 얹었다. 그러자 다채로운 지층의 무늬가 생겨났다.

마구령에서
길을 잃다

길은 하안거에 들었다. 계곡의 바위들이 말갛게 귀를 씻어 물의 리듬을 듣고 있다. 어린 나뭇잎들이 국수 가락 같은 햇살을 똑똑 부러뜨려 갉아 먹는 소리가 숲을 채운다. 잎들의 흰 젖니가 눈부셔 나는 눈을 감게 되었다.

나는 길 바깥에 있다. 끊임없이 정체를 물어오는 삶으로부터의 질긴 수신도 끊겼다. 비로소 나는 나로부터 잠적한 것이다. 얼마나 꿈꿨던가. 너희가 나의 쓸모를 버리기 전 내가 나를 버리리라고. 길 바깥에 또 다른 길이 있다.

이 길에서 너마저 잃었으면. 기다림 같은 것, 외로움 같은 것, 마음 한 조각 없이 생의 고개를 넘었으면, 소백산 깊은 그늘 속을 영영 헤 맸으면. 때죽나무 가지들이 물의 유속에 향기로운 제 몸을 떼어 순 순히 투신하고 있다. 저렇듯 꽃잎 무게만큼 가벼워지면 나도 비단뱀 처럼 산그늘 속으로 유유히 사라질 수 있을까.

푸른 생강 냄새를 발산하고 있는 생강나무 곁에서 덜컥, 걸음이 멎 는다. 나라는 생각나무여, 몸 안에 돋아난 생각의 잎들을 언제쯤 선 선히 떼어 던지려는가.

우물 깊은 집

한여름 내내 이글거리는 해가 서쪽 산으로 떨어졌으나 산은 늘 멀쩡했다. 하지만 노을을 등지고 귀가하는 아버지 팔뚝은 검붉었다. 아버지는 웃통을 벗어젖히고 감나무가 푸른 그늘을 드리운 우물가에 엎드렸다. 그러면 마치 달아오른 경운기 엔진을 식히듯 어머니는 흰 웃음을 한 바가지 떠서 아버지 등짝에 서늘하게 퍼부었다. 앗, 차가워! 우물 깊은 집 호주 림 씨의 근엄함도 한순간 감꽃처럼 지고. 소슬한 행복은 때로 차가울수록 순도 높은 것이기도 했다.

어머니 웃음이 우물보다 깊고 달큼했던 집, 별들이 잠방이를 걷고 우물 안으로 들어가 말갛게 몸을 씻었던 집. 그 우물 속으로 내려가 별이 내려오기를 기다리며 싸르락 싸르락 잠드는 소년이 있었다.

염염한
것

나는 온건하다. 불순해야 할 때조차도 온건하다. 나는 괜찮은 사람
이라는 소리를 듣지만, 듣지만, 듣지만, 발칙하고 도발적인 너에게
눈길을 떼지 못한다. 온건한 삶을 사는 자에게 불행이 있다면 이것
이다. 많은 사람에게 사랑받지만, 그 사랑은 내가 가지고 싶어 하는
사랑이 아니라는 것. 나쁜 남자로 살아갈 수 없어 짐승을 숨기고 착
한 남자로 살아간다는 것. 그래서 나는 이글이글 뜨겁게 타오르는
네가 좋다. 살아갈수록 붙들리고 끌린다. 오오, 염염한!

어떤
연애
상담

1

"선배님, 저어, 물어보기 뭣한 게 하나 있는데요."

"그래, 편하게 말해."

"선배님은 가슴이 아플 땐 어떻게 해요?"

"가슴 아픈 일이 있니?"

"네, 많이 아파요."

"말해 봐, 무슨 일인지."

"사랑하는 사람이 있는데 아프게 하네요."

"나쁜 남자구나."

"아니에요."

"헤어지자고 그러던?"

"아뇨. 아직 시작도 못했어요."

"뭐라구?"

"선배님, 어떻게 해요?"

"그냥 계속 아프렴."

"네에?"

"그냥 계속 죽 아프라구."

2

"선배님, 저예요."

"그래. 가슴 아픈 건 좀 나았니?"

"아뇨. 선배님이 계속 아프라고 그러셨잖아요."

"아, 그랬지. 그렇다고 그럴 필요는 없는데."

"저, 선배님 말 듣고 열 뻗쳐서 그 사람에게 고백했어요. 혼자 계속 아픈 것도 바보짓 같아서요."

"아, 그랬니? 잘 됐구나."

"잘 됐기는요. 그냥 선배님 말 들을 걸 그랬어요."

"왜, 안 받아 주던?"

"알았다고, 생각해 보겠대요."

"그랬구나….."

"선배님, 그게 무슨 의미예요? 선배님은 아실 거 아녜요."

"음, 그건 그냥 좀 더 생각해 본다는 뜻이야."

"네에?"

"그니까, 그게 생각을 좀 오래 해봐야 알겠다는 뜻이거든."

"그니까, 그게 뭐냐구요?"

"그니까, 그냥 기다려 달라는 뜻이야."

"남자들은 왜 그래요?"

"뭘?"

"마음을 훔쳐 갔으면 책임을 져야 하는 거 아녜요?"

"근데, 왜 나한테 그러니?"

"선배님도 남자잖아요. 남자들은 다 나빠요."

"헐!"

사랑은 생각해 보고 말고 하는 것이 아니다. 와락 덤비는 것이다. 그냥 손잡고 입 맞추고 꼭 껴안고 거침없이 뒹구는 것이다. 세포 하나하나가 오돌토돌 돋아 오르는 것이 감각되는 것이다. 아마도 남자는 여자를 아프지 않게 하느라 시간을 벌려고 그랬을 것이다. 그렇다고 여자가 시간을 번 것도 아니리라. '오래'라는 시간이 아무짝에도 쓸모가 없는 때가 사랑을 점화할 때이다. 그야말로 짧은 한순간일지라도 불꽃으로 일어야 사랑은 사랑이 된다. 아무래도 한동안, 여자는 몹시 아프겠다.

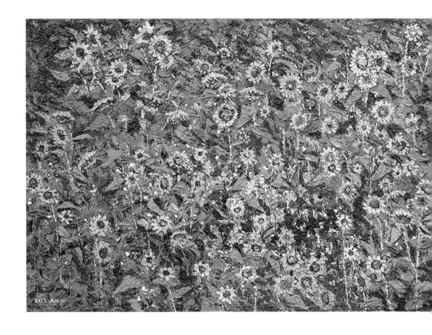

사랑은
생각해 보고
하는 것이 아니다
저절로 덤비는 것이다

호 랑
가 시
나 무

호랑가시나무를 보면 이 생의 화장을 지우고 싶어진다. 내가 호랑가
시나무의 붉은 열매였던 전생으로 돌아가서 호랑이 발톱 같은 강렬
한 잎사귀로 태어날 후생을 기다리며 짙푸른 초록을 끌어모으고 싶
어진다. 현생이 없어도 좋다. 기꺼이!

슬픈
장난감

스마트폰의 폐해가 한두 가지가 아니다. 우리 국민의 독서량이 현격하게 준 것은 말할 것도 없고, 차마 웃지 못할 사고도 시시때때로 발생한다. 자판 크기가 작은 데다 갈수록 손가락 제구가 마음 같이 안되니 사정없이 빈볼성 오타를 내는 것이다. 얼마 전 멀리 완도에 사는 사돈어른이 해산물을 한 꾸러미 보내오셨기에 황송하고 감사하여 얼른 문자를 보냈다.

"어르신, 소포 잘 받았습니다. 정말 간사합니다!" 사돈어른이 당황했는지 사돈 마님이 대신 답문자를 보내왔다.

"사돈 삼촌, 미안하네요. 작황이 별로라서 조금밖에 못 보냈네요."

나는 얻어먹는 주제에 싸가지 없고 염치도 없는 놈이 돼야 부렸다.

진짜 불행한 사고도 일어났다. 초등학교 때 나중에 커시 결혼하자고 허튼 약속을 했던 가시내가 우연하게 내 책을 보고는 수소문해서 카톡 메시지를 보내온 것이었다.

"태주야, 니 책 보고 반했다. 니가 이리 멋진 친군 줄 알았으면 그때 잘 사거어 두는 거였는데…."

나는 그때 왜 반년도 안 돼 변심했냐고 따지고 싶었으나 철없고 부질없는 질문 같아서 행복하게 잘 사냐고 에둘러서 물었다.

"사는 게 힘들었는데 니 책 보고 많은 위로를 받았어. 참 좋더라. 니 글 더 보려면 어떻게 하면 되노?"

사는 게 힘들었다는 말이 물큰하게 아려 왔다.

"그러게 나 같은 남자를 고르지 않고선…. 니, SNS는 하나?"

나는 짐짓 연민을 감추며 호들갑스럽게 물었다.

"그런 거 안 한다. 먹고 살기 바쁜데 그런 거 할 시간이 어딨노?"

나는 눈가에 물기가 고여서 깊은 숨을 들이켰다. 흐린 자판에다 짐짓 유쾌한 척 딴청을 부리며 썼다.

"가스나, 촌스럽기는. 내가 주로 페니스북에서 놀거든. 니도 들어온나."

이후 아직까지 그녀는 페이스북에 들어오지 않는다. 하아, 여름이 길고 덥다.

내가 팥빙수를 싫어하는 이유

친구야, 너는 입이 무거우니까 너에게만 말한다. 내가 하는 말을 아무에게도 퍼트리지 말고 너만 듣고 잊어버리기 바란다.

오늘은 무지 더운 날이었다. 지하철에서 내려 사무실까지 오는데 땀이 비 오듯 흘렀다. 이 삭막한 도시에는 뙤약볕을 피할 나무 그늘이 당최 없더구나. 웬 카페들은 그리 많은지 팥빙수 그림이 유리창에 다닥다닥 달라붙어 나를 심하게 유혹했다. 그러나 나는 고개를 돌려 유혹에 굴하지 않고 당당히 지나쳐 왔다. 내가 팥빙수 한 그릇 사 먹을 돈이 없어서 그런 것이 결코 아니다.

저번에 네가 나에게 책 한 권 보내 달라고 했다. 요즘 가계 지출이 많아서 내 책을 못 샀다고, 정말 미안하다고. 나는 책을 사서 정성스럽게 사인까지 해서 너한테 보냈다. 그런데 너는 그날 여직원들이랑 떼거리로 앉아 광고 사진처럼 비주얼 쩌는 팥빙수 먹방 사진을 페이스북에 올려놓았더구나. 여직원들이 너를 최고라고 치켜세운 댓글도 수두룩 달린 걸 봤다. 아무렴, 네가 사정없이 쐈으니 최고였겠지. 그날 나는 결심했다. 올여름이 아무리 푹푹 찌고 졸라리 더워도 팥빙수는 절대 입에 대지 않기로.

친구야, 나는 괜찮다. 아무렇지도 않다. 여직원들에게 팥빙수 쏠 돈은 있어도 하필이면 책 한 권 살 돈은 없는 게 우리 생활인의 슬픔 아니겠느냐. 나는 네 여직원들의 여우 같은 예쁨을 저주할 뿐 결코 너를 증오하지는 않는다. 친구야, 오늘 내 책이 네이버 메인화면에 '오늘의 책'으로 떴다. 얼얼한 팥빙수를 먹는 것처럼 머리부터 발끝까지 짜릿했다. 상상임신이란 말 들어 봤지? 친구야, 나는 오늘 상상 팥빙수를 먹었다. 너는 입이 무거우니까 나의 상상빙수에 대해 다른 친구들에게 말하지 않으리라 믿는다. 너나 나나 체면이 있는데 이 나이에 쪽 팔까 저어된다. 그런데 친구야, 정말로 맛있드나, 그 팥빙수?

배추
나비

배추꽃이 피면 배추밭에 배추나비가 날아든다. 배추 꽃잎과 배추나비의 날개가 닮아 있다. 나비는 꽃을 핥고 빨고 꽃과 뒤엉킨다. 어느 게 꽃이고 어느 게 나비인지 분간이 되지 않는다. 배추김치가 사람의 목을 타고 넘어 들어갈 때, 배추나비가 배추꽃과 나눈 정사며 교태며 사랑의 일대기가 같이 넘어간다. 입 안이 화끈거리고 달큼하고 새콤하고 아리다. 여름 김치는 땅에 묻지 않고 바로 먹는다. 뒷얘기가 궁금해 미뤄 둘 수 없는 로맨스 소설이어서가 아닐까.

이 삶은
어디서
왔는가

내가 수년째 어설픈 도시농부 흉내를 내고 있는 건 여가를 즐기기 위함이 아니다. 열심히 일해서 돈 버는 일이 나쁜 건 아니지만, 회사에 다니면서 점점 돈을 섬기는 나를 발견했기 때문이다. 노동을 착취하지 않고, 자본으로부터 착취당하지도 않으며, 나 자신을 고립시키지 않으며, 함께 살아가는 길을 모색해 보려는 어떤 간절함이 나를 흙으로 이끌었다.

나는 내 생산물을 통해 부족사회의 근간이었던 호혜적 삶을 흉내 낸다. 부족사회의 전통에 나의 노동을 연결 지어 의미를 한껏 치켜세운다. 내 노동력의 투입에 비해 느리고 투박한 소출이라는 마이너스

적 경제관념에 지지 않고, 돈의 권능에 쉽게 굴복당하지 않기 위해서다. 자급자족했던 부족사회에는 가난이라는 개념이 없었을 것이다. 자급자족 경제의 핵심은 호혜다. 서로 주고받고 나눈다. 경제 개념이 있었다면 이것이 기본 원리일 것이다. 부족사회는 못 받아서 억울한 이가 없도록 주고받는 행위를 다스리는 정교한 규칙을 만들며 성장했다. 그렇게 호혜주의는 부족과 사회의 유대를 강화하는 근간이 되었다. 그러나 지금의 자본주의는 이 삶의 근본 원리를 이윤이라는 괴물에게 내줘 버렸다. 세월호도 이 괴물이 삼켰다.

첫 경제학 수업 시간에 교수가 커피 잔을 손에 든 채 학생들에게 묻는다. "이 커피가 보이나?" 학생들은 당연히 보인다고 대답한다. 교수의 다음 질문은 경제학에 대한 학생들의 고정관념을 여지없이 무너뜨린다. "커피가 보인다면 과테말라 농장도 보이나? 커피 노동자들의 급여 명세서는?"

이 지구상에 없어도 좋을 너무나 많은 것들이 생겨나 버렸다. 우리가 보는 세상은 저절로 생겨난 것이 아니다. 우리가 인간으로 살아가려면 체제에 무조건 순응해서는 안 될 뿐 아니라, 나와 다르게 살아가는 사람이 있다면 그 삶이 어디서 왔는지 찬찬히 들여다볼 줄도 알아야 한다. 그래야 나의 삶, 나의 행동도 존중받을 수 있다.

별을
만나다

아프리카에서 우물을 파는 사람을 만났다. 우물을 파 주는 사람이라
고 썼다가 고쳐 썼다. 누군가를 돕기 위해 하는 게 아니라 자신이 좋
아서 하는 일로 보였기 때문이다. 나는 아프리카에 대해서 이것저것
물었다. 그는 들뜨지 않았으나 자유로움과 열정이 담긴 표정과 목소
리로 그가 사랑하는 아프리카에 대해서 조근조근 들려주었다. 그가
들려준 말 중에 가슴에 와 박혔던 것은, 그들은 우리가 생각하는 것
처럼 그렇게 불행하지 않다는 것이었다. 동정과 슬픔을 자아내는 몇
장의 사진들이 내 머릿속에 아프리카의 이미지로 각인돼 있었고, 그
것은 정치적인 조작일지도 모르겠다는 생각이 들었다. 우리가 그들

에 비해 더 좋은 환경에서 더 좋은 음식을 먹고 더 많이 쓰고 더 오래 산다고 해서, 저들보다 행복하다고 말할 근거는 어디에도 없다. 그들은 그들 나름대로 행복하고 그곳에도 우리와 똑같은 사람의 삶이 있다는 것이다.

사막을 여행하고 온 사람들은 언제나 별에 대해서 말했다. 별과의 직접적인 조우가 사막 여행의 절정이고, 그것이 모든 여행의 궁극인 것처럼 그들은 떠들었다. 능히 그 흥분을 짐작하고도 남음이 있었다. 그도 역시나 아프리카의 별에 대해 얘기했다. 하늘과 땅 사이를 가로막는 장막이 제거된 곳, 위와 아래가 원통처럼 뻥 뚫려 있는 곳에 별 무리가 지상으로 내려온다는 것이었다. 별은 저마다 신화를 품고 있다. 인간이 지어낸 슬프고 아프고 사랑하는 이야기를 별들은 알고 있을까. 천일야화를 기억하는 낙타의 방울 소리가 내 귓전을 울리며 스며들었다. 그가 말했다. 아프리카에서 그들이 만들어 주는 음식을 먹을 때는 씹으면 안 된다. 모래알이 절반이다. 그냥 삼키는 게 좋다. 그래서 나는 낙타의 방울 소리를 씹지 않고 꿀꺽 삼켰다. 푸른 별 가루가 얼음 알갱이처럼 와드득 씹힐까봐서. 아라비아를 건너는 대상들은 사막을 '바르 벨라 마'라고 부른다. '물이 없는 바다'라는 뜻이라고 한다. 별빛이 모래의 물결을 타고 넘실대는 바다에 가고 싶다. 붉은 모래 구멍 깊숙이 도마뱀처럼 파고들어가 열대의 그늘에 나를 누이고 싶다.

아들과의
썰전 1

신 정 환 보 수 회
신 정 환 진 보

"아빠, 궁금한 게 있어요."

"뭐든 물어봐. 아는 만큼 알려 줄게."

"수구 꼴통과 종북 좌빨이란 말을 인터넷에서 봤어요. 무슨 말이에요?"

"보수와 진보라는 말을 그리 부른단다. 보수는 지키려는 것이고 진보는 바꾸려고 하는 것이란다."

"어느 게 좋은 거예요?"

"좋고 나쁘고는 없어. 어느 게 옳고 그른 것도 아니고. 때에 따라 사람에 따라 다를 뿐이지."

"그런데 왜 서로 싸우고 잡아먹고 그래요?"

"나와 생각이 다른 걸 못 참는 거지."

"생각이 다른 친구랑 노는 게 힘들기는 해요."

"불편하다고 친구 안 먹고 그러는 건 아니지?"

"그럼요. 우리가 어른인가요."

"녀석, 대견하구나."

"보수 친구는 지키는 걸 잘 하니까 군대 가서 나라 잘 지키면 되고, 진보 친구는 바꾸는 걸 잘 하니까 마을 이장님 같은 거 시키면 돼요. 서로 잘하는 거 하면 돼요."

"녀석, 기특하구나."

"근데 밀양이나 강정은 왜 보수가 안 지키고 진보가 지켜요? 왜 보수가 가만히 있는 걸 바꾸려고 난리치는 거예요? 진보와 보수에 대해 아빠가 거꾸로 잘못 알고 있는 거 아녜요?"

"끙, 아빠도 모르겠다. 세상이 어떻게 돌아가는지."

아들과의 썰전 2

– 선대장애의 간판

"졸업 선물, 뭘 해줄까?"

"알아서 해주세요."

"뭐 갖고 싶은 거 없니?"

"알아서 해주세요."

"알아서 해달라고?"

"네, 선물은 주는 사람 마음이잖아요."

"(꼭 그래야겠니?) 그래, 알았어."

그때부터 머리가 아프기 시작했다. 필시 이 녀석은 나를 시험에 들게 하는 것이다. 내가 저에게 얼마나 관심이 있는지, 무엇이 필요할지 고민하는 동안 온 마음을 자신에게 쏟게 만들려는 수작인 것이다.

"자, 이거 선물이야."
"헉, 무슨 선물이 이래?"
"왜? 아빠가 고심 끝에 산 신발인데."
"이 신발, 아빠가 신고 싶어 했던 거잖아."
"부전자전이니까 내가 좋아하면 너도 좋아할 거라고 생각했어."
"결국 아빠가 신으려고 산 거잖아?"
"아니지. 엄연히 네가 주인이지. 나는 빌려 신는 거고."
"이럴 줄 알았어."
"네가 알아서 해달라고 그랬잖아?"
"켁, 당했다!"
"세상에 '아무거나'라든가 '알아서' 같은 건 없는 거야."

아들과의
썰전 3

강 정 욷
망 차 는 의 리

"아빠, 이번 동계올림픽에서 김연아 누나가 은메달 딴 것에 대해 어떻게 생각해요?"

"그야, 자랑스럽지. 그동안 수고 많았다고 위로해 주고 싶구나."

"판정이 너무 편파적이지 않아요?"

"넌 왜 편파적이라고 보는 건데?"

"누가 봐도 1등이잖아요."

"글쎄다. 러시아 심판들은 아니라고 생각할 걸."

"아빠는 지금 누구 편이에요?"

"내가 너에게 차마 이런 말 하기는 싫지만, 우리가 사는 현실은 실력만 갖고는 안 돼. 다른 힘도 작동하거든."

"다른 힘이요?"

"이를테면, 의리 같은 거지. 네가 반장 될 때 너에게 투표한 친구 중에 너랑 친해서 무조건 찍어준 친구들이 있잖아. 그거랑 비슷한 거야."

"그게 나쁜 건 아니잖아요?"

"그 의리는 어떻게 만들어지니? 평소에 친구랑 같이 놀고 밥도 먹고 하면서 만들어진 돈독한 관계잖아. 그게 보이지 않는 힘이 된 거고. 네가 반장으로서 적격인지 아닌지, 네가 내세운 공약이 좋은지 아닌지 따져 보지 않고 무조건 찍게 만든 특별하고 이상한 힘."

"그럼 아빠는 내가 부정선거로 반장이 됐다는 거예요?"

"아냐, 절차상 제도상 전혀 문제가 없는 정당한 선거지. 네가 반장된 것도 정당하고. 다만 다른 힘이 그 결과에 영향을 미쳤고, 그 다른 힘은 관계에서 온다는 걸 말하는 거야."

"야호! 알았어요. 오늘부터 친구들과 열심히 놀아야징~"

"뭐? 아니, 왜?"

"세상 살려면 실력보다 우정이 더 중요하잖아요."

"켁, 망했다!"

아들과의
썰전 4

돈으로 살 수 있는
최고의 것

"아빠, 돈 좀 주세요."

"용돈이 벌써 떨어졌니?"

"네, 용돈은 항상 부족해요."

"넌 용돈 받으면 주로 뭐 하니?"

"친구들이랑 밥 먹고 옷도 사고 게임방에도 가고…."

"돈 쓸 때 행복하지?"

"돈 떨어지면 우울하고 불안하고 그래요."

"아빠가 돈이 떨어져도 행복이 지속되는 방법을 알려 줄까?"

"그런 방법이 있어요?"

"사람들은 돈이 많을수록 행복할 거라고 생각하는데 실제로는 그렇지 않잖아? 중요한 건 돈을 얼마나 가졌는가가 아니라, 그 돈으로 무엇을 사느냐가 행복을 결정하는 거지. 옷을 사고, 영화를 보고, 자전거를 사면, 살 때는 좋은데 그 즐거움은 금방 가시거든. 그런데 말야. 돈으로 시간을 사면 매우 오래도록 행복감을 가질 수 있어."

"시간을 산다구요?"

"그렇지. 시간! 경험이나 체험 같은 거 말야."

"뭔가를 배우는 거나 여행을 하는 거 말이죠?"

"맞아. 네가 번지점프를 하거나 수영을 배우거나 여행을 하느라 쓴 돈이 있을 텐데 그 경험들은 두고두고 너한테 추억으로 남아 있잖아. 수영은 앞으로도 유용하게 써먹을 수 있고, 추억을 다른 말로 하면 이야깃거리라고 할 수 있어. 이야기를 서양 사람들은 스토리라고 하고, 히스토리라고도 하잖아. 적은 돈으로 나의 역사를 사는 거지. 내 이야기를 만들어 가고 있다는 건 더할 나위 없이 의미 있고 풍부한 삶을 살고 있다는 뜻이거든."

"아, 그래요. 아빠, 그럼 여행 가게 돈 좀 주세요."

"돈 모아서 배낭 메고 떠나는 여행도 있지만, 집에서 돈 없이 세계 일주를 하는 것도 가능해."

"헉, 그게 뭐예요?"

"책을 읽는 거지. 독서는 타인의 경험과 지식을 아주 적은 돈으로 사는 거고, 새로운 세계를 거침없이 자유롭게 여행하는 거니까. 지금은 책을 읽을 시간 같구나."

"켁, 당했다!"

fall

가을

구 월

구월의 햇볕은 정숙한 여자처럼 다소곳하다. 나는 문득 햇살에게 경건하게 거수경례를 하고 싶어진다. 수국 화분을 밖으로 꺼내 주근깨마냥 박힌 여름의 그늘을 잎에서 닦아 낸다. 서늘한 시간의 더듬이가 내 손등을 살짝 건드리고 지나간다. 나는 얼마나 많은 여름의 무기력과 권태를 위태롭게 지나왔던가. 이 가벼운 구월의 스침이 나를 깨어나게 한다.

물기를 머금은 수국 화분을 들고 들어와 제자리에 놓으려다가 나는 본다. 화분이 놓였던 자리의 둥그런 테두리, 흰 음영의 무늬를. 꼭 저만큼의 자리에서 햇살을 받고 싹을 틔우고 꽃을 피운 것이다. 수국처럼 사람도 저마다 저만큼의 자리에서 피고 지는 삶일 것이다. 한 번 정해지면 쉬이 벗어나지도 못하고 멀리도 못 가고 그 자리에서 사랑하고 기다리고 그리워하며 사는 것이다.

나는 처음 놓여 있던 수국의 자리에 흐트러짐 없이 화분을 내려놓는다. 세상에 이보다 고결한 일이 있을까 싶게 엄숙을 다하여. 햇살 하나가 제 뼈를 툭 분질러 휘어진 수국 가지를 안쓰럽게 지탱하고 있는 구월의 오후.

분 꽃
씨 를
받 다 가

사랑했던 사람에게 주었던 내 첫 마음이 이러했을까. 까맣게 여문 분꽃 씨를 귀에 대보면 보드랍게 쌔근거리는 숨소리가 들린다. 이 앙증맞은 씨앗 안에 식물의 일생이 동그랗게 웅크리고 있는 것이다. 초식동물이 배설한 자운영, 씀바귀, 질경이, 엉겅퀴 똥 같아 나는 큼큼거리며 냄새도 맡아 보는 것이다. 꽃잎에 앉았던 햇볕과 바람의 온기가 고스란히 저장돼 있을 것 같아 나는 분꽃 씨를 볼에 대보기도 하는 것이다.

아주 사소했으나, 어느 때부터 사소하지 않게 되는 일이 있다. 꽃이 진 후, 꽃받침 위에 올려져 있는 분꽃 씨를 받는 일 같은 것. 살아온 날들의 온도와 앞으로 살아갈 날들의 습도, 그 일교차와 저수량이 많이 다를 거라는 사실을 인지하는 순간부터의 겸허 같은 것. 대수롭지 않았던 것들이 불쑥 의미를 드러내며 다가오면, 인생은 약간의 허무와 잦아지는 회한과 먼 데까지 가는 연민에게 시간을 할애해 조금씩 깊어지는 것이리라. 나의 잘못했던 일들이 하나둘씩 무리 지어 잘한 일들 앞으로 나선다. 나는 질끈 눈을 감아 보는데, 씨앗을 쥔 손에 땀이 고여 분꽃이 싹을 틔우려 한다. 어쩔 줄 모르고 서 있는 나의 시월 오후.

미루나무
아래에서
쓰는 편지
1

그 후, 미루나무에 내린 별빛만큼 많은 모래알들이 강바닥에 쌓였습니다. 더러는 더 아픈 자갈 무덤이 내 마음의 심연에 머물다 흘러갔을 테지요. 늦은 군대를 마치고 세상으로 돌아와 그대가 한 아이의 엄마가 되었다는 소식을 아무렇지 않은 듯 전해 들었습니다. 내가 퍽 오래 인생을 산 것 같은 생각이 들었고, 그 세월을 견뎌낸 스스로가 참으로 대견스러웠습니다. 늘 세상의 뒤틀린 옹이밖에 보지 못하는 내게 삶이란 언제나 따뜻하고 깊은 곳을 향해 줄기차게 흘러가는 것임을 알게 했습니다.

그대를 잃고 오래 연연해 하는 동안 나의 어머니는 못난 아들을 나무라셨지요. 어쩌면 당신의 목화 꽃 같은 며느리가 됐을지도 모를 그런 여자와의 사랑을요. 그대가 지순하게 생을 버려간 사랑에 비하면 나의 그대를 향한 사랑이라는 것이 한갓 들뜬 감상과 열병에 지나지 않는 것이지만, 내 사사로운 사랑과 유약한 청춘도 세상 한 귀퉁이를 지탱하는 힘이라는 걸 그대는 믿어 주리라 생각합니다.

우리의 사랑이 희미해져 아주 잊히겠지만, 그대가 언젠가 다시 이 미루나무 강을 거슬러 오를 때 미루나무 잎들이 흔들어 대는 향기로운 은종 소리가 내리내리 그대의 영혼에 스며들겠지요. 내리내리 별빛 되어 길을 밝히겠지요.

미루나무
아래에서
쓰는 편지
2

그대와 나 사이, 이별의 어귀에서 흘러온 아픈 물살이 쉼 없이 강안 江岸을 허물어 그대와 나의 거리도 세월의 강폭만큼 아득히 멀어졌습니다. 뒤돌아보지 않으려 애쓰며 살았습니다. 아늑하고 향기로운 봄밤의 길목이나 한적한 가을 숲길에 홀로 드는 일이 없도록 조심하며 살았습니다. 잠시라도 그대를 그리워하면 현실의 삶이 와르르 무너질까봐 그리움의 숨구멍을 틀어막으며 살았습니다.

목숨을 다해 사랑해 보지도 못한 사람, 생일에 미역국 한 번 끓여 줘본 적 없는 사람, 영원히 사랑하겠다는 흔한 다짐조차 주지 못한 사람. 그대를 생각할수록 내 생애가 통째로 저려 옵니다. 살아가는 것은 누군가를 위하는 일보다 내 안의 크고 작은 미움을 버리는 일인 것 같습니다. 가파른 세상의 파고를 건너는 일은 몇 닢의 탐욕과 몇 줌의 비루를 삼키며 육신의 의지로 견뎌 내는 것이기도 했습니다. 그 눈부신 신념들은 민들레처럼 키를 낮추고, 그 많은 별빛들은 술잔이 허공에 부딪힐 때마다 눈물로 떨어져 어디론가 흘러갔습니다.

인정하긴 싫지만, 내가 사랑한 것은 그대가 아니라 나 자신이었을 것입니다. 나에 대한 나의 헌신과 연민, 내 가난한 에고를 그대의 지순한 사랑으로 채우려 했던 것일 테지요. 그러니 이제 그대를 진실로 사랑하기 위하여 온전히 나를 사랑하는 삶을 살아가겠습니다. 나는 나를 살리기 위해 미역국을 끓이고 오늘의 밥을 먹겠습니다.

미루나무
아래에서
쓰는 편지
3

강가에 앉아 흘러가는 물의 심연을 들여다봅니다. 미루나무가 등 뒤에서 고개를 숙여 사람의 내면과 그 아래로 흐르는 더 깊은 강물을 물끄러미 내려다봅니다. 사람의 슬픔은 슬픔이 담겼던 사람의 몸을 닮아서 물 위에 어른거리는 푸른 그림자가 강물을 온통 슬픔의 빛깔로 물들입니다. 사람의 슬픔은 슬픔을 전해 줄 또 다른 슬픔을 만날 때까지 슬픈 사람 곁을 떠나지 않습니다.

그 오래된 슬픔의 기원은 그대라는 단 하나의 비원으로부터 발원합니다. 사람의 사랑은 슬픈 기쁨이거나 기쁜 슬픔이어서 내가 아무리 사랑으로 가득하다 해도 그대를 그리워한 만큼, 그대 때문에 외로워한 만큼 금세 슬픈 것들로 채워집니다. 사람이 살아간다는 것의 쓰라림이나 쓸쓸함이라는 것도 저 미루나무 잎의 잎맥 속에 섬세하게 그려진 비의처럼 도무지 알 수 없는 것이어서, 그대의 내면에서 꽃이 시들고, 사랑이 죽고, 바람이 부는 일과 다르지 않은 것이겠지요.

미루나무가 언젠가는 떨켜의 수분을 막아 잎을 떨어내야 하듯이, 잘라내야 할 삶의 모서리가 문득 절실해집니다. 그 어느 것으로도 꿰맬 수 없어 끝내 봉합하지 못한 상처에서 슬픔의 싹이 돋아나 더 아픈 상처를 피워 내곤 합니다. 강물 속으로 슬프고 아름다운 그대가 흐릅니다. 등 뒤에서 가만히 사람의 사랑을 내려다보고 있는 저 미루나무의 푸른 물관부가 잎자루까지 슬픔을 길어 올리고 있습니다.

미루나무
아래에서
쓰는 편지
4

늙은 적송 한 그루로 지붕을 삼습니다. 햇볕을 엮어 울타리를 치고
뒤 숲에서 불어오는 아카시아 향기를 쪽물에 개어 세상에 단 한 칸,
방을 들입니다. 서툰 시詩로 지은 집 앞마당에 심은 노오란 산수유,
홍매화가 봄이면 제일 먼저 소란을 떨겠지요. 그대를 위해 흰 목련
과 보랏빛 라일락도 두어 그루, 미루와 나무, 두 아이가 타고 올라갈
살구나무, 감나무, 호두나무도 있어야겠지요. 우물은 깊게 파야겠습
니다. 그러면 물이 달고 따뜻해지지요. 우물 속으로 노란 감꽃이 떨
어지고 두레박의 이끼들은 햇볕에 몸을 말리고, 이팝꽃 그늘 같은
희고 조용한 날들이 흐릅니다.

이랑이랑 밭을 일구고 흙을 밟으며 씨앗을 뿌리다 보면 우리 삶의 굴곡도 조금씩 밭이랑을 닮아 가겠지요. 그대의 발과 나의 손이 돌과 잡풀과 흙덩이가 되고, 호미며 쟁기처럼 아름답게 무디어지고 닳아 가겠지요. 그대는 멀리 강가의 미루나무들을 바라보고 나는 그대 눈을 들여다봅니다. 그대는 나의 눈길을 받으며 웃음 짓고 나는 그대가 눈부셔 그만 눈을 감습니다.

그대를 너무도 사랑해서 생각 속에서 한세상 홀로 잘 살다 갑니다.

미루나무 아래에서
쓰는 편지
5

그 후, 서정시를 아주 멀리했습니다. 시의 감옥 같은 세상을 짐짓 수긍하며 살았습니다. 누군가 저 미루나무의 전설을 물어 오면 이제는 아프지 않게 얘기할 수도 있게 됐습니다. 그대의 전생과 나의 후생까지 걸어간 기다림도 이제는 담담하게 지금의 생을 받아들이는 듯합니다.

그 사이 많은 사랑하는 이들이 다녀간 세상의 흔적을 붉은 줄로 지워 내며 나도 언젠가 이슬처럼 한 자락 햇살에 사라져갈 것을 생각해 보는 날이 잦아졌습니다. 그렇게 내 영혼이 미루나무를 떠나가면 지상에 와서 겪었던 사랑의 일을 다 잊겠지만, 그대를 사랑한 그 아프고 행복한 일만은 죽어도 잊지 않으려고 합니다. 다음 생에도 우리가 서로를 그리워해야만 한다 해도 나 그대의 숨결을 통과한 한 줌 공기여도 좋으니, 나 그대가 밟고 가는 길섶의 풀 한 포기여도 좋으니, 나 그대의 옷깃에 닿은 티끌이어도 좋으니.

그대와 같은 세상 안에 머물 수 있기를. 그대와 같은 시간 속에 머물 수 있기를. 그대가 없다면 나도 없기를.

그대란 가늘 마음 안에
머물수 있기를
그대란 가늘 시간 속에
머물수 있기를

설 령 ,

바다 한가운데에 머물 때, 나는 사과 상자를 과적한 구름 트럭이 무게에 못 이겨 바다 속으로 침몰하는 광경을 자주 목격하곤 했다. 수면 위로 떠오른 붉은 사과 궤짝들로 바다는 어지러웠고, 쏟아진 사과알에 맞은 물고기들의 등에는 푸른 멍이 번졌다.

그대가 들꽃 냄새나는 편지를 보내왔으나 편지 봉투 속으로 활자를 쓸어 올리며 밀물이 차올랐다. 오직 사랑만으로 사랑이 완성될 수 있으면 좋겠다고 갈맷빛 잉크를 찍어 그대에게 답장을 썼다. 부질없는 소망을 적는 동안 물결의 톱날에 썰리는 바다의 단단한 목질에서 편백나무 냄새가 피어올랐다. 갈매기가 물고 날아간 내 편지 속에는 파도에 쓸려 해변으로 밀려간 해초 냄새가 밀봉돼 있을 것이었다.

바다에 둘러싸여 있었으므로 나는 어떠한 실연이나 비련을 예감하지 못했다. 사랑이 멀어져 가는 발자국 소리를 물무늬 속에서 골라내지 못했다. 노을 구름이 물고기들에게 그 많은 사과를 다 먹였는지, 바다의 내면이 조금은 희어졌는지, 그런 상상으로 나는 잔잔했다. 설령, 사랑의 끝을 미리 알았더라도 나는 근심 없이 섬에 누워 고요가 되었을 것이다. 햇볕 다발을 과적한 태양의 마차들이 바다 속에 잠기는 것을 넋 놓고 바라보고 있었을 것이다. 후회는 나중에, 짠 바닷물을 눈물 주머니에 채운 후에 했을 것이다.

늦 가 을
근 처

이로써 꼬박 2주일째 출근. 여기저기 침을 꽂던 한의사가 묻는다.

"안 아파요? 잘 참네요."

"아프니까요."

"네?"

"아프니까 나으려고 참는 거라구요."

뜸을 뜨던 간호사가 묻는다.

"안 뜨거우세요? 뜨거울 텐데."

"빨리 나으려고 참는 거예요."

"엇, 참으면 안 돼요. 뜨거우면 말해야 떼어 내죠. 화상 입어요."

"그럼 지금 이 고기 타는 냄새가 내 거예요?"

"미안해서 어떡해요? 말씀하시지 않고요."

"혼자 다 드시진 마세요."

"네?"

나의 썰렁 유머가 안 통하는 곳. 내 경락의 운기가 잘 유통되지 않는 시간. 팔의 불완전한 각도와 뜸의 온도가 사람 잡는 늦가을 근처.

그대가
그대의
계절이다

청년은 국외에서 자랐고 거기서 줄곧 학교를 다녔다. 그는 휴학을 하고 한국에 입국했다. 입대를 하기 위해서였다. 그 나라 국적을 취득하면 군대를 가지 않아도 될 테지만, 청년은 모국의 군인이 되는 일을 당연하고 자랑스럽게 받아들였다.

내가 사진으로만 봤던 청년을 만난 건 가을 저녁이었고 그가 군대를 갓 제대한 시점이었다. 청년은 준수하고 외유내강해 보였다. 청년은 한국에서 사귄 여자친구에게 선물하고 싶다고 내 책에 사인을 해달라고 책을 내밀었다. 이제 청년은 왔던 나라로 돌아가야 하고, 여자는 여기에 남아서 겨울을 맞을 것이었다.

나는 두 사람의 사랑이 국경쯤을 가볍게 넘나들기를 바라면서도, 눈에서 멀어질 때 마음을 붙드는 일이 얼마나 힘겹고 고단할지를 떠올렸다. 나는 청년의 담담한 얼굴을 쳐다보고는 나도 담담하게 그녀에게 건넬 말을 편지에 적어 내려갔다. 삶이 그렇듯이 이루어지고 이루어지지 않는 모든 일이 상대방에게 소속된 일이 아니라 결국은 나 자신에게 부여된 일임을 그녀가 어렴풋이나마 깨닫기를 바라는 마음으로.

그대가 따뜻해서 봄이 왔고
그대가 붉어서 가을이 왔습니다
그대가 그대의 계절입니다

사 랑 법

세상살이에는 많은 방법들이 있다. 나는 그 방법들을 배우느라 많은 시간을 지불했다. 칭찬을 받는 방법, 미적분을 푸는 방법, 돈을 버는 방법, 글을 쓰는 방법, 식물을 기르는 방법 따위. 나는 많은 일들을 방법에 기대어 해결했고, 얻었고, 영리하게 살았다. 기다리는 방법과 사랑하는 방법도 필요했는데 배우지 못했다. 절실한 공부는 알려주는 사람이 없었다. 사랑하는 방법을 몰라 자주 분란을 일으켰고, 기다리지 못해 많은 관계를 그르쳤다.

나는 집을 짓는 목수가 답을 알고 있을지도 모른다는 생각이 들어 그에게 집은 어떻게 짓는 것인가를 물었다. 그는 나무를 베어 짓는다고 말했다. 나는 나무는 어떻게 베느냐고 물었다. 그는 톱과 도끼를 내게 보여 주었다. 나는 그것들은 어디에서 왔느냐고 물었다. 목수는 대장장이에게 가보라고 했다. 나는 대장장이에게 가서 톱과 도끼와 대패를 어떻게 만드느냐고 물어보았다. 그는 모루와 풀무와 쇠망치가 필요하다고 했다. 나는 그것들은 어떻게 만드느냐고 물었다. 그는 모루와 풀무와 쇠망치가 있어야 그것들을 만들 수 있다고 했다. 나는 답답해서 그에게 다시 물으려다 입을 다물었다. 방법으로 해결되지 않는 것도 있다는 걸 알았다. 나는 방법에 기대지 않고 시간에 기대어 기다리기로 했다. 내 마음에 기대어 사랑하기로 했다. 기다리다가 나는 알았다. 기다린다는 것은 그가 오는 동안 나도 그에게 가는 일이란 것을 알았다. 기다리는 일이 멈춤이 아니라 끊임없는 운동이란 것도 알게 되었다. 그것이 사랑의 법칙이란 것도 알게 되었다. 기다리는 방법을 찾아 헤매지 않고 기다림의 등불을 켰더라면 사랑은 벌써 내게 도착했을 것이다. 덜 고달프고 덜 방황했을 것이다. 너무 많이 배우느라, 영리하게 구느라 이 단순한 사랑법을 오래도록 깨우치지 못했다. 사랑은 사랑하면 되는 것!

붉은
졸 개 들

날은 흐리고 어둠은 서둘러 불을 끈다. 나는 막 내린 오늘의 무대를 우두커니 바라본다. 객석을 떠나지 못하는 관객처럼 십일월의 저녁은 지뢰밭이다. 여기저기서 마음이 터진다. 낙엽을 명중시킨 바람은 총구를 겨누고 암호를 묻는다. 나는 앙다물고 눈을 감는다. 배교자처럼 사살당한 마음들이 거리에 질펀하게 엎질러져 있다.

사는 것은 왜 이리 간절해야만 하는 것이냐. 하필이면, 감상적인 날씨에게 물어보려 할 때 아랫입술에 박힌 송곳니가 너무 깊어 핏물이 차오른다. 불량하고 음습한 어둠이 저만치 뒷걸음질 친다. 양아치같은 십일월, 석류처럼 터지고 바스러진 마음의 붉은 졸개들.

느 리 게
오 는
통 증

나는 천천히 숨을 쉬었다. 늦게 일어나 느리게 양치질을 하고 느리게 머리를 감았다. 느릿느릿 시집을 읽었고 천천히 걸어서 가게에 갔다. 가을 햇살이 들이치는 상점 한 모퉁이에 앉아 천천히 빵과 우유를 우물우물 씹어 삼켰다. 그제야 목울대에 걸려 있던 소나기구름이 검은 울음을 쏟아 냈다. 느리게 오는 통증은 더 깊게 파고든다.

지금은 키 높은 망초와 우슬이 무릎을 꺾는 계절. 그리운 것은 그리움의 무게로 무너지게 하자. 꽃은 꽃을 피워 짧은 황홀을 다녀갔으니 좋았고, 나는 잠시 흔들려 혼미해 봤으니 되었다. 외로운 것은 살아 있는 것이고, 외로워서 별도 별을 끌어당기는 것이다. 본래 외로웠으므로 내게 와서 나를 다녀가는 모든 것에게 고미워할 뿐, 나는 절망을 말하지는 않을 것이다. 어른이 되는 것도 나쁘지는 않을 것이다.

붙잡지 않는 것, 애착을 놓는 것, 놓아 보내는 것, 나를 다녀간 그 사람이 온전하게 그의 자리로 돌아가 제 몫의 삶을 사는 것. 그리하여 잊힐 때까지 내 가슴 안에서 생존하는 것. 통증은 그렇게 느리게 소멸하는 것이리라.

임 진 강
에 서
보 내 는
편 지

밭에서 수확한 옥수수와 감자를 삶아 늦은 점심을 들었습니다. 몸 안에서 풀벌레 울음소리가 청명하게 들립니다. 아코디언의 주름관 처럼 창자가 접혔다 펴질 때마다 지나온 계절의 숨결이 푸르게 공명 합니다. 강물이 눈에 띄게 줄고 드세던 개망초 무리가 수척해졌습니 다. 아직 고구마 넝쿨이 성장을 멈추지 않고 붉은 황토를 삼키듯 나 아갑니다. 지금은 언제 고구마를 캐야할지 가늠하며 마지막 햇살을 등허리로 받아 내고 있습니다. 지난번 감자 수확은 미루다 한참 늦 어졌습니다. 누군가를 놓치고 후회를 사는 일처럼 지금도 흙 속이 잘 보이질 않습니다. 무엇 하나 서툴지 않은 게 없습니다.

밭은 분주합니다. 배추와 무가 햇살의 젖꼭지를 빨아 대며 통통하게 살찌고 있습니다. 밀잠자리며 풀잠자리들이 배춧잎 위에 앉아 꽃무늬를 허공에 그려 댑니다. 살얼음이 박힌 김장 김치를 먹을 때 배춧잎에 앉았던 잠자리 날개에서 바닐라아이스크림 같은 냄새를 맡는다면 나의 게으른 농사는 천만다행입니다. 딴 것보다 내 안부가 궁금하시겠지요. 내 마음의 근육은 지난 여름의 뙤약볕에 구릿빛으로 단련됐습니다. 내 육체가 푸른 억새풀이라면 내 정신은 억새가 피워내는 보드라운 흰 꽃입니다. 어딘가를 향해 기울어 있던 척추를 바로 세워 이젠 그 어떤 고통스런 상념도 없이 바람을 따라 흔들릴 뿐입니다. 은은합니다. 그렇듯이 잘 지내고 있습니다.

임진강 유속만큼의 속도로 살고 있습니다. 느리지만 심중에 묵정밭을 허용하는 시간의 틈은 없습니다. 조금이라도 빈틈을 엿보이면 개망초가 장악하고, 뚱딴지가 하늘 높이 꽃대를 올리고, 탱자나무가 빽빽하게 울타리를 칩니다. 탱자가 노랗게 익으면 아픈 가시마저 향기롭습니다. 애써 다잡고 길들이는 나의 무심도 향기를 머금을 날이 오겠지요. 당신의 안부를 묻지 않는 나의 무심을 들키지 않으려 해도 이 편지를 받으면 당신은 곧 알아채겠지요. 현실의 삶은 어디에서건 무겁고 어지러워서 그 욕망의 물결에 휩쓸려가기는 매한가지입니다. 그렇지만 의미를 세우지 않고 사사롭고 하찮은 삶으로 내려서면 자신의 방향으로 물결을 미는 힘이 생기기도 합니다. 임진강에는 그러므로 무의미하고 사사로운 것은 없습니다. 오늘의 해가 탱자나무 가시에 찔려 붉나무 잎이며 수수깡을 붉게 물들이며 집니다. 오늘도 하루를 살았습니다. 저무는 가을 강가에 앉아 당신에게 편지를 씁니다.

지 랄 ,
가 을 비

내용증명우편처럼 가을비 온다. 독촉장 같아서 나무들에게 치명적
이다. 떠나보내기가 쉽겠는가. 그래서 잎마다 원초적인 색소를 수혈
하고 마지못해 떨켜 코르크 마개로 사랑을 막는다. 가을비에는 결
별의 냄새가 있고, 그 냄새의 성분은 분별되지 않는다. 누군가에게
는 아릿하지만 누군가에게는 죽을 것처럼 아픈 비다. 오랫동안 처방
받은 항생제처럼 더 이상 냄새 방어물질이 듣지 않는 심장으로 다시
사랑할 수 있을까. 헤어지기 위하여 사랑의 면역체계는 작동한다.
이런 날, 생각나는 사람이 있다, 있겠다, 있어야 한다. 봄에 만나 가

을에 헤어진 사랑이 있을 것이다. 생각나지 않는다고 없는 것이 아닐 것이다. 낮은 산비탈을 점령한 구절초와 쑥부쟁이, 저 선명한 들꽃들의 회귀를 보라. 가을이고 비가 내리는 날은 개교기념일처럼 한 번은 사랑을 기억해야 한다. 기억의 성장판이 닫히면 그때부터 기나긴 빙하의 계절이 온다. 절실하게 가을비 내리고 절실한 사랑이 그곳에 있었다. 있었다고 그렇게 말하자.

우리 동네
식료품 가게
할아버지

"낮부터 웬 술이에요?"

"비도 오고 옛날 생각도 나고 좀 센티해지네."

"아직도 못 잊으신 거예요?"

"쉿, 큰일 날 소리!"

"물론 할머니보다 미인이셨겠죠?"

"이 사람이 위험하게시리."

"그런데도 할머니랑 결혼했다는 건 어쩔 수 없는 사연이 있었다는 것?"

"에헴, 소설 쓰지 말게."

"저도 한 잔 주세요."

"자네, 왜 그러나?"

"그거 아세요? 옛날 여자가 곁에 있는 여자보다 항상 더 예쁠 수밖에 없다는 거."

"글쎄, 왜 그렇지?"

"기억 속에 사는 여자는 늙지 않으니까요."

"못 들은 걸로 하겠네."

"네, 들키지만 마세요."

"가을인데 어디 안 가나?"

"꼭 어딜 가야 하나요?"

"가을 안 만날 거야?"

"오면 보면 되죠. 유난 떠는 거 별로예요."

"그래도 섭섭해할 텐데?"

"누가요? 가을이요?"

"아니, 자네 인생이."

"복숭아 통조림이나 하나 주세요."

"요즘 끝물이라 달고 좋은데 포도를 사먹지 않고?"

"까먹기 귀찮아서요."

"귀찮게 왜 사나?"

"그니까요. 그걸 알고 싶네요."

"어쨌든 시간 내서 다녀오게."

"생각 좀 해보구요."

"생각만 하다가 나는 아직도 가게를 지키고 앉아 있다네."

"가슴 아프네요. 그러면 어디로 가면 좋을까요?"

"그걸 왜 나한테 묻나?"

"누구랑 가면 좋을까요?"

"자네 왜 나한테 들이대나?"

"가라고 부추긴 사람이 알려줘야 하는 거 아니에요?"

"내가 잘못했네."

"통조림 외상이에요. 포도도 몇 송이 줘보세요."

"으이그. 이 사람아."

"가을에는 시비 걸지 마세요. 가만히 있어도 외로움이 핵폭발할 거 같은데."

일인분의
슬픔 1

열차가 섰다. 비가 내렸고, 이른 단풍잎 몇 장이 내렸고, 가을이 뒤따라 내렸다. 가을은 부서질 듯 야위어 있었다. 나는 시리고 아파서 눈을 감았다. 커다란 갈색 트렁크 밑바닥이 땅에 끌려 신음하는 소리가 났다. 어떤 가녀리고 가벼운 몸이 내게 육박해 왔다. 나는 바스라지게 가을의 허리를 껴안았다. 꽃대가 흔들리자 쑥부쟁이의 흰 꽃잎이 비늘처럼 떨어져 내렸다.

다음 열차가 와서 섰고, 나는 그 열차에 오르고 싶어 현기증이 일었
다. 네가 그리워져서 울음이 터졌다. 간이식당에 가서 밥을 먹었다.
일인분의 밥을 먹고 또 일인분의 밥을 먹고 또 일인분의 밥을 먹었
다. 가을이 남긴 밥까지 끌어다 먹고 쑥부쟁이 밭으로 가서 토했다.
달걀노른자 같은 낮별이 언덕길에 수놓여 있었다. 열차가 떠났고,
그 가을에 나는 아무 데도 가지 않았다.

일 인 분 의
슬 픔 2

몇 숟가락 국물을 삼키자 그녀 생각이 뜨거워졌다. 뜨거운 국물에
밥을 말아 먹을 때 불쑥불쑥 생각 밖으로 뛰쳐나오는 사람, 목구멍
속으로 밥을 밀어 넣을수록 허기지는 사람, 아파 죽겠다는 소리가
터져 나올 것 같아서 그 소리를 막으려고 뜨거운 국물을 막무가내로
삼키게 되는, 그런 나쁜 사람이 내게 있다.

어떤 통증은 감염된다. 버스를 타고 가다가 라디오에서 흘러나오는 낯익은 대중가요 한 소절에 버텨온 일상이 무너지는 방심의 날이 있다. 미처 이별의 우물을 메우지 못한 탓이지, 노랫말이나 운전수 탓은 아니다. 그래서 면역력이 약화됐을 때 버스나 전철을 타지 않고 나는 걷는다. 걷다가 늦은 점심을 먹으러 식당에 들어가 메뉴판을 살필 때 슬금슬금 병균이 침투한다. 김치찌개도 순대국밥도 순두부백반도 그녀와 같이 먹던 것들이다. 지금은 일인분의 밥을 먹으며 나는 강해져야 한다. 그러나 아무리 뼈다귀해장국을 먹고 소머리국밥을 먹어도 내 정강이뼈는 강해지지 않는다. 약국에 들러 박카스를 들이켜고 우루사를 삼켜도 뜨거워진 통증 후의 피로는 호락호락 가시지 않는다.

일 인 분 의
슬 픔 3

서양 사람들이 부러울 때가 있다. 길거리에 다니면서, 공원 벤치에 앉아서 아무 데서나 눈치 보지 않고 간편하게 점심을 먹는 사람들. 혼자 엉거주춤 식당 문을 밀고 들어섰을 때, "어서 오세요."가 아니라 "몇 분이세요?" 하고 위아래로 훑어보며 아줌마가 물어올 때 나는 그냥 되돌아 나오고 싶어진다. 일인분의 식사를 거절하는 식당은 반드시 망하거나 곧 문을 닫아야 된다는 게 나의 간절한 바람이다. 그래요. 혼자예요. 둘이 못 와서 미안해요. 나도 그녀를 잃어서 서럽답니다.

무릇 밥장사는 '한 그릇의 철학'이 있느냐 없느냐로 성패가 갈린다. 한 사람이 없다면 두 사람이 없고, 회식이 있을 리 없고, 또 단골이란 존재할 수 없기 때문이다. 우리 모두는 일인분이다. 외로운 일인분의, 잠깐씩의 우리일 뿐이다. 사랑은 짧고, 이별은 길다.

혼자 일인분의 식사를 할 때, 그것은 단지 일인분의 식사가 아니다. 일인분의 밥을, 내 쓸쓸한 몸과 상처난 영혼과 메마른 마음이 같이 먹는 것이다. 저 일인분의 식탁에 엎드린 삼인분의 외로움이 보이는가. 그걸 알아봐 달라. 나는 다시 사랑할 용기와 힘을 충전하고 싶다. 나는 단지 일인분의 밥이 아니라 재생의 밥, 그리움의 밥, 목숨의 밥을 먹으러 식당에 가고 싶다.

수 만 평 의
해 바 라 기 밭

1

석류알 같은 빗방울이 옥잠화 잎을 두드린다. 빗방울은 식물의 씨앗
인양 흙 속으로 파고든다. 나무는 식물의 꿈을 이루지 못하고 부서
진 빗방울들을 나뭇가지 꼭대기까지 끌어올린다. 하늘 높이 올라가
다시 씨앗을 모방하며 뛰어내릴 수 있게. 해바라기의 저 까만 씨앗
은, 빗방울이 꾼 식물의 꿈일지도 모른다.

2

절집에 머물고 있던 때였다. 밥을 먹는데 다들 말이 없었다. 스님은
묵묵히 공양을 들고, 나는 말이 없는 밥 자리가 좌불안석이었다. 다

음 날도 침묵의 밥 먹기가 불편하고 거북했다. 사흘째 되는 날은 다행히 비가 내렸다. 나는 비를 내다보며 밥을 먹었다. 스님도 간간이 비에게 눈길을 줬다. 비는 모두의 고요한 화제였다. 나는 침묵으로 대화하는 법을 그때 처음 알았다. 다음 날은 비가 없어도 편안했다. 바람 소리도 들렸고 나뭇가지가 쓸리는 소리도 들렸다. 스님의 말 없는 말도 들렸다. 차반의 맛도 비로소 깨어났다.

3
어떤 인류학자가 인류의 역사는 속임수의 역사라고 말했다. 힘의 질서 속에서 생존해야 했던 영장류는 표정을 속이거나 숨기며 진화했다는 것이다. 내가 힘들어했던 건 침묵이 아니라, 어떤 표정을 지어야 할지 몰라서였을 것이다. 꾸미고 지어내 나를 포장하거나 숨겨서 편안해져야 하는데, 전혀 속일 필요가 없는 그 상황이 오히려 당황스럽고 불편했을 것이다. 어느새 속이는 것보다 속이지 않는 게 더 어렵게 되었다.

수직으로 뛰어내리는 식물성 비가 되고 싶다. 누군가의 가슴에 해바라기 씨앗으로 내려서 수만 평의 해바라기 밭을 장엄하게 이룩하고 싶다. 꾸밈없이, 꾸밈없이.

난 중 일 기 를
펼 치 다

풀벌레 소리 요란하다. 새벽에 깼다. 흔들리는 배 위에 누운 것처럼 잠이 거칠었다. 가을을 재촉하던 비는 그쳤으나 날은 여전히 흐리다. 구월은 희망이 있는가. 사람의 생사며 간난한 일들을 아랑곳없이 무심하게 찾아드는 절기가 높은 파도처럼 아프다. 나는 망망하고 막막하여서 난중일기를 펼쳐 읽었다.

장군의 문장은 곧고 단순해서 유려함도 없고 사변적인 어떤 것도 엿보기 어렵다. 바람이 불었으면 불었다고 쓰고 맑았으면 맑았다고 쓸 뿐이다. 그는 생각이나 감정을 철저히 배제하고 쓴다. 오직 일어난 일만을 본 대로 아는 대로 사실에 입각해 쓴다. 그래서 그의 일기는 토막토막 짧고, 소금밭의 햇살처럼 건조하고, 동백꽃처럼 향기가 없다. 명량해전을 치른 날, 일기의 말미에 그는 이렇게 적고 있다.

"싸움하던 바다에서 그대로 정박하고 싶었으나 물결도 몹시 험하고 바람도 역풍이라, 형세 또한 위태롭고 외로워 당사도로 옮겨 가서 밤을 지냈다. 이번 일은 참으로 천행이었다."

혁혁하였으나 대승한 장수의 높임이나 일고의 기쁨이 없다. 자신의 외로운 승리에 대해 단 한 마디의 치하가 없다. 천행이었다고 그저 적어둘 뿐이다.

좀처럼 자신의 기분이나 내면의 심상을 드러내지 않는 그가 일거에 무너진 날이 있다. 정유년 시월 열나흘이다. 그날 일기는 새벽꿈에 말이 헛디뎌 떨어지는데 아들 면이 자신을 받아낸 것으로 시작한다. 그리고 그날 저녁에 인편으로 집에서 보내온 편지를 받는다.

"봉함을 뜯기도 전에 뼈와 살이 먼저 떨리고 정신이 혼미해졌다. 열의 글씨를 보니 거죽에 '통곡' 두 글자가 씌어 있어 면의 전사를 알고 간담이 떨어져 목 놓아 통곡하였다."

그날의 일기에는 자신이 아들보다 먼저 가지 못한 어긋난 순리에 대해서, 인자하지 못한 하늘에 대해서 피 끓는 원망을 가감 없이 쏟아내 적고 있다. 자식을 잃는다는 건 그런 것이다. 대해 같은 대장부에게도 그런 것이다. 정유년 가을의 눈물이 아직도 맹골수로를 흐르고 있다. 마르지 않는다.

나의
쓸모없는
박사학위

개인적인 경사라서 숨기려다가 겸손치 못하게 밝힌다. 대학 이름을 말할 수는 없지만, 모 대학에서 내게 교수 임용 제안을 해왔다. 내가 쓴 책을 보고 박사 학위가 있다는 걸 알았다고 했다. 내가 가르칠 과목이 뭐냐고 물었다. 교양과정으로 가을 학기에 새롭게 개설한 〈출중한 연애학〉 과정인데, 나더러 '실패하지 않는 연애편지 작법'에 대해 강의를 해달라는 것이었다. 40년간 내가 천착한 분야이고, 국내 최고 권위자라는 자부심이 있으므로 나는 흔쾌히 수락하였다. 벌써

예약 수강생이 천 명을 넘어 대강당으로 강의실을 재배정했다고 했다. 그런데 대학 측에서 박사 학위 증명서를 보내 달라고 하였다. 나는 난감하여 학위는 있으나 증명서는 없다고 하였다. 대학 측에서 의아해했다. 나는 대학 측에 물었다. 내 박사 학위 논문 제호가 '미친 그리움에 대한 피 끓는 연구'였고, 그 학위 수여자가 '오래전 가을'인 걸 확인해 보지 않았느냐고. 이후 지금까지도 대학 측으로부터 회신이 없다. 잘 가르칠 수 있었는데, 아주 죽여주는 연애를 할 수 있도록 성심성의껏 지도할 생각이었는데. 그깟 학위 증명서가 대체 뭐라고 미래의 내 제자들의 앞길을 대학이 망치고 있다. 아이들의 험난한 가을이 예상된다.

그대가
없다면
나도
없다

주역 강의를 들었다. 수업을 시작하면서 선생이 나를 지목해서 물었다. 왜 주역 강의를 들으러 왔냐고. 나의 대답에 다들 웃었지만, 나는 진짜로 돗자리를 깔고 싶다. 나라는 사람의 내면을 들여다보고 싶다.

주역 수업에서 얻은 소득은 '그리움의 발견'이다. 선생은 주역이 한가장 위대한 일은 '음양의 개념을 발견해낸 것'이라고 했다. 고개가 끄덕여졌다. 서양 사람들은 세상을 선과 악으로 나누어 보는 데 익숙하다. 한쪽은 항상 부정되고 타도되어야 하는 대상이 된다. 그래서 선은 정말 선인지 악인지 분간이 잘 안 된다. 음과 양은 공존공생의 개념이다. 하나가 사라지면 다른 하나도 사라진다. 그대가 없다면 나도 없다. 그대의 존재가 내 삶의 이유를 증명한다. 그대와 내가 조화로운 괘를 이루어 하늘의 뜻을 받는다. 그리워하고 아끼고 사랑하라고, 그것이 하늘의 마음이라고, 그렇게 살다 가라고 하늘이 지시한다.

제법 굵은 소낙비가 풋자두알처럼 후두둑 뛰어내렸다. 그대가 우주의 한 끝에서 밤새 아픈 비를 맞고 다녔는지 아침부터 내 몸에서 푸른 멍꽃이 피어난다.

173

애 련 을
떠 나 보 내 며

조식^{曹植}은 이별은 쉽고 만남은 어렵다고 했다. 그의 시, 〈내일이 되면 너무 어렵다^{當來日大難}〉에는 이런 시구가 있다.

오늘 자리를 같이 하지만
문을 나서면 서로 타향이리.
이별은 쉽고 만남은 어려우니
제각기 놓인 술잔을 비우세.

당나라 시인 이상은李商隱은 한술 더 뜬다.

> 만나기 어렵지만 이별도 어렵네.
> 봄바람 힘 잃고 온갖 꽃 지는데,
> 봄날 누에는 죽음에 이르러서야 실뽑기를 멈추고,
> 촛불은 재가 되어서야 겨우 눈물이 마르네.

애련은 몸이 주관하는 것이라서 죽어야 끝나는 것이라고 읊고 있는 것이다. 나는 한동안 폐사지 답사를 열심히 따라다닌 적이 있다. 거기에는 화려한 단청의 흔적도 낭랑한 독경 소리도 풍경의 흔들림도 없다. 외로 서 있는 당간지주나 주춧돌 몇 개가 잡풀 우거진 그곳이 웅장한 불사가 섰던 곳임을 넌지시 알려줄 뿐이다. 볼 것 없는 폐사지를 한사코 따라다녔던 이유가 있다. 법당도 불상도 고승도 사라진 그 너른 자리를 독차지하고 있는 게 있었다. 봄에는 볕이 머물고 여름에는 햇살이 들이치고 가을에는 햇빛이 아른거리고 겨울에는 바람이 햇볕의 씨앗을 물어다 심는다. 나는 그 사랑이 식은 자리, 영광이 흩어진 자리에 쏟아지는 아릿하고 아련한 햇살이 더없이 좋았다. 나는 그곳에 핀 제비꽃 옆에서 쑥부쟁이 옆에서 오래 앉아 있다 저물어 돌아오곤 했다. 나는 그곳에 갈 때마다 하염없이 나의 애련을 떠나보냈다. 내 몸이 비단 뽑기를 멈추어야, 내 몸의 촛불이 꺼져야 그 마음이 비로소 끝난다는 걸 그 젊었을 적에는 알지 못했다.

나는 가을이 깊어져서야 조금 안다. 만나기도 어렵지만 이별하기도 어렵다는 시인의 마음에 대해.

소 울
푸 드

나는 가능하면 말하지 않으려고 하는 게 있다. 음식 이야기다. 음식 이야기를 꺼내면 틀림없이 어머니와 이어질 것이고, 그리움의 포크 레인이 내 영혼의 우물을 사정없이 팔 것이고, 눈물의 지층을 건드려 자칫 나를 곤란에 빠트리게 할 것이기 때문이다.

그런데도 음식 이야기를 꺼내는 이유가 있다. 한 친구가 내게 '소울 푸드'가 무어냐고 물어 왔다. 흑인 노예들이 고향을 그리워하며 불렀던 영가처럼, 고향을 생각하면 떠오르는 엄마의 손맛, 집밥과 같은 잊을 수 없는 영혼의 음식이 누구에게나 있을 것이다. 친구의 물음 때문에 한동안 잊고 있었던 어머니의 음식 몇 가지를 떠올리며 헛헛한 입맛을 다셨다. 나는 어머니의 음식 솜씨를 눈으로 보고 익혀 조금은 요리를 흉내 내는 편이다. 나는 추어탕을 좋아해서 가을이면 천천히 시간을 들여 추어탕을 끓인다. 우거지를 삶고 들깨와 청양고추와 마늘을 갈아 넣고 된장과 찹쌀가루를 풀어 끓여낸 남도식 추어탕은 그야말로 명불허전이다. 단지 문제가 있다면 양을 통제할 수가 없다는 점이다. 이웃집에 나눠 주고도 하숙생들이 며칠씩 추어탕을 먹어야 하는 불상사가 있다. 서울에서는 쇠고기를 넣고 텁텁하게 미역국을 끓이는 데 반해, 어머니는 꼬들꼬들 말린 서대 생선을 넣고 미역국을 말갛게 끓여 냈다. 1년 동안 하숙집에서 눈총 받으며 살다가도 서대 미역국으로 차려낸 아줌마의 생일상 한 번이면 모든 게 퉁쳐졌다.

내 요리를 맛본 사람들이 칭찬을 아끼지 않는데도 불구하고 전혀 만족하지 않는 한 사람이 있다. 바로 나 자신이다. 내 몸의 기억은 오직 엄마의 맛에 풍향계를 맞추고 있기 때문이다. 아무리 그 맛을 흉내 내려고 궁리해 보고 마음을 기울여도 엄마의 그 맛이 나질 않는다. 그래서 나는 나의 요리를 먹을 때, 조금씩 슬픔 쪽으로 기운다. 그래서 점점 요리를 하지 않게 되었다. 대신에 나는 엄마의 맛이 그리워지면 누나네 집에 간다. 홍어무침이나 낙지 연포탕이나 장어탕이나 쑥버무리가 먹고 싶다고 누나에게 전화를 건다. 그렇지만 미리 해 놓으라고 보채진 않는다. 나는 가서 누나가 시키는 대로 불을 때거나 재료를 다듬거나 한다. 그 조리 과정에의 참여는 나를 충만하게 하고 그리움에 젖게 한다. 음식이 익고 조리되는 냄새를 맡으며 나는 행복감에 빠진다. 그 시간 동안 다시 엄마의 아들로 돌아가 천진난만해진다. 그 음식은 내 몸에 와서 살과 피와 뼈와 마음이 된다. 내 거친 영혼을 정화한다.

어떤 존엄하고 신비한 힘이 엄마의 음식에 들어 있다. 그 음식이 내 생명을 관장했다. 내가 받았으나 당신에게 되돌려주지 못하는, 도무지 흉내 낼 수가 없어 목이 메는, 당신이 내 입에 넣어준 한결같고 더운.

winter

겨울

나에
대한
추모

나는 살아서 충분히 외로웠으므로 죽어서는 외롭고 싶지 않다. 산 자를 위한 장례식이 아니라 죽은 자를 위한 장례식을 해주길 원한다. 나는 죽은 자의 기억은 별빛과 같다고 생각한다. 자신이 내보냈으나 아직도 미련처럼 남아서 천천히 소멸되는 아스라한 빛. 그래서 죽은 자는 스러지는 기억과 함께 천천히 풍화되어야 마땅하다고 믿는다. 삭제 버튼을 눌러 손가락 하나로 단숨에 소거해 버리지 말아다오. 바람과 햇볕과 구름과 비가 시간을 들여 조금씩 나를 허물어가도록 내버려다오. 나에 관한 산 자의 기억도 그렇게 풍화되기를 바란다.

나는 차가운 곳이 싫다. 그러니 내 시신을 냉동고에 오래 안치하지 말고, 염 같은 부질없는 의식으로 죽은 몸을 꽁꽁 묶지도 말아다오. 그냥 몸뚱어리 그대로 입던 옷 입혀서 허름한 나무로 짠 관에 넣어 묻어다오. 묻을 때 봉분 같은 건 필요 없다. 묏자리를 애써 구할 필요도 없다. 한적한 산속 어느 나무 아래라도 좋으니 수목장을 해다오. 내가 서러워했던 미루나무도 좋고 즐겼던 매화나무도 좋고 오리나무라도 상관없다. 나무에 의지해 밥을 먹고 살았으니 죽어서는 나무에게 조금이라도 보답하고 싶다. 내 육신의 즙이 뿌리에 닿아 고운 꽃을 피우고 실한 열매를 맺는 데 쓰인다면 더 바랄 것이 없겠다.

이제부터 내가 이르는 대로 3일 동안 나를 추억하는 의식을 행해 주면 좋겠다. 첫날은 내 죽음을 알리는 데 시간을 써라. 언제라도 기꺼이 달려와 시신을 거두는 일을 도와줄 내 일생의 친구 이름과 연락처를 따로 적어 두겠다. 내 부고를 알릴 때는 문자메시지만 달랑 보내지 말고, 수고스럽더라도 직접 내 전화기로 전화를 걸어 말해 주면 좋겠다. 그 명단은 따로 작성해 두겠다. 전화를 받는 이가 내 전화번호를 확인하고 먼저 아는 체를 할 것이다. 그때 당황하지 말고 차분하게 내가 편안하게 눈 감았다고 전해라. 내 죽음을 알릴 명단에 당신께서 있었다고, 마지막까지 당신을 소중한 친구로 여기고 갔노라고 알려 주어라.

죽어서도 꽃향기를 맡고 싶다. 친구들에게는, 올 때 내가 평소 즐겼던 꽃을 들고 와달라고 부탁해라. 화려하고 수북한 꽃다발 말고, 장미나 프리지아 같은 흔한 꽃 한 송이면 족하다. 그러니 국화꽃 무더기로 빈소를 치장하지 마라. 영정사진은 따로 정해 두지 않겠다. 너무 젊은 시절의 사진도 죽기 직전의 초췌한 사진도 아니었으면 좋겠다. 제발 향은 피우지 마라.

둘째 날은 내 친구들이 내가 살았던 집에서 내가 쓰던 물건들을 구경하고 나를 추억하다 가게 배려해라. 한 번도 내 집에 와보지 못한 친구들이 많을 것이다. 죽어서 뒤늦게 초대한 것을 미안하게 생각하셨다고 대신 전해 드려라. 내 사진첩이며 내가 쓴 일기장이며 내 책들과 만년필과 손수건 하나까지도 볕 드는 창가 쪽 탁자 위에 올려두고 그들이 쓰다듬고 매만지고 추억하다 가게 해라. 혹 어느 친구는 자신과 관련 있는 물건을 오래 만지작거릴지도 모른다. 그러면 그것을 아끼지 말고 그에게 내주어라. 번거로운 음식은 하지 마라. 평소 내가 일상으로 먹던 밥과 국과 반찬을 나눠라. 친구들도 내 뜻을 알 것이다. 술 좋아하는 친구들이 있을 테니 술도 내놓아라. 아마도 그들 중에 과하게 취하는 이가 있을 것이다. 민망하다 여기지 말고 나를 추억하느라 그런 것이니 감당해 주면 좋겠다.

셋째 날은 흙을 들추고 나무뿌리가 다치지 않게 나무 아래 가볍게 나를 묻어라. 포크레인으로 깊은 구덩이를 파고 거기에 무거운 관을 넣는 일은 얼마나 위악적이고 암담하더냐. 봉분도 묘비석도 세울 필요 없다. 무덤의 흔적을 남기지 말고 다시 자연의 일부가 되어 사라지게 해다오. 욕심 같아선 그 나무가 봄이면 환히 꽃이 피어 흐드러지고 그 꽃이 지고 나면 새록새록 단물이 차오르는 열매를 맺는 과실나무였으면 좋겠구나. 영혼이라는 것이 영원히 살고 싶어 하는 인간의 염원이 만들어낸 허전한 말이라는 걸 알지만, 내 영혼이 있다면 꽃나무에 스며들어 그 나무가 생을 다할 때까지 햇볕과 바람과 빗방울과 눈송이를 맞고 싶구나. 집에 돌아와서는 내가 너희에게 남긴 마지막 편지를 함께 읽기 바란다. 이로써 나를 추모하는 일은 끝났다.

49재도 필요 없다. 1주기가 되었다고 향을 피우고 제사상을 차리는 그런 고리타분한 짓은 하지 마라. 내가 죽은 날을 기리지 말고 늘 그랬듯이 내가 태어난 날에 다함께 모여 축하하고 음식을 나누면 좋겠다. 죽은 날은 나 혼자만 기억되는 날이지만 내가 태어난 날은 나를 있게 한 너희 조부모가 함께 기억되는 날이다. 나를 위해서가 아니라 살아 있는 너희들의 그리움과 외로움을 위해서 그리해다오. 우리가 가족임을 확인하고 축복하는 하루이니 그날만큼은 꼭 같이 모여 정을 나누기 바란다. 나에 관한 기억보다는 너희가 사는 일의 현재를 도란도란 나누기 바란다. 엄숙하고 무겁게 죽음을 받아들이지 말고, 봄날을 맞듯이 환하게 맞아 주면 좋겠다.

결백한

사 랑

한 남자의 여자와 한 여자의 남자가 서로 눈이 맞아 밀애를 떠난다. 혼란한 시대였다. 남겨진 남자와 남겨진 여자는 입맛을 잃고, 저녁밥 대신 국수와 만두를 사 먹으러 가게에 간다. 혼자 식당에 앉아 느릿느릿 음식을 먹을 때 어떤 삶의 이유는 투명해지고, 어떤 삶의 목적은 안개처럼 더욱 흐려진다.

사랑으로부터 버림받은 자들은 결백을 앞세워 삶을 견딘다. 남은 남자와 남은 여자는 친밀해지고, 결백을 유지할 만큼만 서로에게 끌린다. 사람들의 눈을 피해 밖에서 만나고, 택시에서 따로 내려 걷고, 남자가 비를 맞으며 건네는 우산을 여자는 받지 않는다. 들켜서는 안되는 결백한 사랑은 멈칫거리고 자주 사념에 빠진다. 그날, 남자는 여자에게 이별 연습을 하자고 한다. 그날, 남자는 사랑해서는 안 되는데 어쩔 수 없었다고 여자에게 고백한다. 그날, 여자는 입을 막으며 울고, 택시 안에서 남자가 손을 잡는 걸 처음으로 허락한다.

내게 차표 한 장이 더 있다면 같이 떠나겠느냐고 남자가 허무하게 묻고, 내게 빈자리가 있다면 내게로 올 거냐고 여자는 혼잣말로 묻는다. 후일 여자는 남자가 새로 이주한 곳에 찾아가고, 남자는 여자가 살던 집에 찾아간다. 여자는 립스틱 묻은 담배꽁초를 남기고, 남자는 사원의 돌구멍에 여자와의 못 이룬 사랑을 넣고 진흙으로 밀봉한다.

세상에 많은 비밀이 생겨나고 깨지고 흩어지지만, 어떤 비밀은, 비밀스럽게 숨어 아주 천천히 석조건물이나 쇠기둥을 부식시키고 허물어 내린다. 끝내 이루어지지 않아서 결백한 비밀로 살다 죽는다. 왕가위의 영화 〈화양연화〉에 호우豪雨는 있고, 호우시절好雨時節은 없다.

아 버 지 를
위 한
변 명

나는 혼자가 되었구나. 네 엄마를 먼저 보내고 궁색한 신세가 되었다. 나는 일찍부터 생계의 방편을 잃었고 이 한 몸 너희에게 의지했다. 부끄럽구나. 너희를 고단하게 한 만큼 나도 고단했다. 바란 일이 아니었으나 결국에는 그렇게 되었다.

너는 나를 두고 아비로서 철학이 없고, 인생이 통째로 변명인 사람이라 여겼을 것이다. 네가 대놓고 내게 그런 말을 한 적은 없지만, 존경할 수 없는 아버지를 가진 너의 슬픔을 나는 읽는다. 아니라고 부인할 것도 무안해할 필요도 없다. 팔십 평생을 살아오면서 내가 아무리 못 배웠다 하나 왜 나라고 삶의 심지가 없겠느냐. 생각해 보아라. 내 삶이 온통 변명투성이인데 주관이랍시고 너희 앞에 꺼내 보이면, 그것이 얼마나 우스꽝스런 일이겠느냐. 나는 비참해도 웃음거리가 되고 싶지는 않다.

나는 일생을 탕진했다. 네 조부로부터 물려받은 든든한 가산을 사업에서 잃었고, 실패를 일삼았고, 결국에는 너희에게 기대는 처지가 되었다. 내겐 사업을 일으켜 세울 투지와 받들어 빛낼 유지가 없었다. 나는 물려받았을 뿐 그것을 다루고 지켜낼 지혜가 없었다. 방비 없이 네 조부는 너무 일찍 세상을 등졌다. 변명을 하자면 그렇다.
나는 물려받은 성정대로 살았고, 혈기 왕성한 젊은 날을 기분 내키는 대로 살았다. 강단 없이 허술하면서 남에게 베푸는 것은 좋아했다. 정신을 차리고 보니 남은 게 없었다. 사람들은 떠나고 인정도 멀어졌다. 내게 남은 것은 궁핍과 식솔이었다. 우습게도 궁핍으로 너희를 먹여 살렸다. 궁핍은 현실을 인정하게 했고, 너희가 남루를 저항 없이 받아들이게 했다. 네 누나들이 직물 공장에서 손가락을 바늘에 찔려 가며 받은 돈으로 네 학비를 댔고, 네 형이 기름 묻은 스패너로 나사를 조여 보내오는 돈으로 생활의 일부를 감당했다. 나는 내보일 수도 없는 처지라서 삼키며 울었다.

잘못된 결과는 잘못한 일에서 비롯되었다. 그 잘못한 일은 돌이킬 수도 없는데, 계속해서 그 잘못을 따지고 채근하며 나를 괴롭혔다. 나는 스스로 포기하며 살았다. 내 삶이 온통 변명처럼 보였다면 그 때문일 것이다. 부끄러움도 관성이 되면 당돌해진다. 목숨을 부지하다 보면 부끄러움이 목숨을 감당하는 일에 방해가 된다. 사는 일 자체가 배반이고, 죄업인 것을 나는 안다. 나의 이런 부덕한 삶의 형편은 말할 것이 못 된다. 말할수록 욕되다. 목숨을 연명하는 일에는 품위가 있을 수 없다. 사념이 끼어들 여지가 없는 게 목숨의 길이다.

나는 구차하게라도 살았고, 혼자 남게 되었다. 무릎과 허리가 성하지 못해 구부러졌고 구부러진 만큼 하중을 받치느라 남은 관절이 고통스럽게 되었다. 그 구부러진 몸은 또 밥으로 지탱되는 장치라서 밥을 지어 바치는 일을 멈출 수가 없게 되었다.

끼니란 그렇다. 아침은 아침을 위해서만 있고, 점심은 점심을 위해서만 있다. 저녁 끼니가 한 번도 내일 아침을 위해 존재한 적이 없다. 아침은 아침에만 유효하고 점심은 점심을 위해서만 당면하고 저녁은 저녁만을 채울 뿐이다. 아침에는 아침밥이 나를 살리고, 점심에는 점심밥이 나를 살리고, 저녁밥은 저녁에 내가 살아 있게 한다. 딱 끼니만큼만 목숨을 살린다. 끼니만큼 냉정한 것이 없다. 나는 잠들면 깨어나고 싶지 않았다. 죽고 싶어서가 아니라 끼니를 맞이하고 싶지 않아서였다.

죄스럽고 면목 없다. 살아서 평생 짐이었다. 바라건대, 너희는 너희의 책임을 다해 존경받고 살아라. 변명하지 말고 살아라. 저녁이 와서 또 산 자의 목숨을 모욕하는구나.

여 자 를
울 리 는
남 자

남편은 언제나 아내의 일을 지지하고 응원했다. 그런 남편을 여자는 존경했고 항상 깊게 여겼다. 그런데 이번 일은 마냥 쉽게 수긍하고 넘어갈 일이 아니었다. 좋은 일임에 틀림없지만 부담스런 목돈이 들어가는 일이었다. 남편은 골똘히 생각에 잠겼다.

요리연구가인 아내는 요리 재능을 발휘해 몇몇 뜻 맞는 사람들과 함께 보육원에 음식 봉사를 하고 있었다. 그런데 요 근래 아내는 시각 장애인들이 자립할 수 있도록 그들에게 요리를 가르쳐 주고 싶다고 했다. 점자 요리책을 만들어 시각장애인들에게 나눠 주고 요리도 가르치는 계획을 세운 것이었다. 좋은 취지에도 불구하고 출판사 몇 군데랑 접촉을 해봤으나 다들 난색을 표했다. 아내는 포기할 수 없어 스스로 출판 재원을 마련할 생각으로 남편에게 도와 달라고 손을 내민 것이었다.

아내는 며칠 뒤 남편으로부터 긍정적인 답을 들었다. 그러나 조건이 있었다. 도와는 주겠으나, 이 일이 당신에게 그렇게 소중하고 가치 있는 일이라면 당신도 얼마간 희생을 하는 것이 좋지 않겠냐는 게 남편의 뜻이었다. 아내는 기꺼이 그러겠다고 했다. 그러면 당신이 소중하게 아끼는 것 하나를 내놓으라고 남편은 요청했다. 아내는 자신이 아끼는 것들을 하나씩 떠올려 보다가 자동차 키를 남편에게 내밀었다. 남편은 괜찮겠냐고 물어보거나 사양하지도 않고 아내의 자동차 키를 받아 넣었다. 그날 아내는 제대로 잠을 이루지 못했다. 차없이 요리 재료며 도구들을 가지고 다닐 생각을 하니 앞이 캄캄했다. 자신이 애써 모은 돈으로 가져본 첫 차였고 애지중지 아끼는 애마였다. 아내는 남편의 처사가 야속하고 괘씸했지만 겉으로 내색할 수가 없었다.

며칠 후, 아내가 멀리 지방까지 내려가 쿠킹 클래스를 마치고 파김치가 되어 집에 돌아오니 화장대 위에 서류봉투가 하나 놓여 있었다. 봉투 안에는 자신의 차를 판매한 중고차 매매계약서가 들어 있었다. 아내는 서류를 꺼내 보고 서러운 눈물을 쏟았다. 새 차 가격의 절반도 안 되는 매매금액이 흐린 눈에 들어왔다. 아내는 계약서류와 함께 들어 있는 남편의 메모지를 꺼내 읽었다.

"미안하오. 당신이 아끼는 차를 팔아서. 나도 마음이 아프오. 모자라는 출판 비용은 당신 통장에 입금해 두었소. 그리고 당신 경대 서랍에 내 차 키를 넣어 놨으니 내일부터 내 차를 쓰도록 하시오. 나는 체력도 키울 겸 지하철을 타고 출퇴근하려고 하오. 좋은 일도 좋지만 건강 살피면서 하기 바라오. 언제나 당신을 존경하고 사랑하오."

물 떼 새 가
사 는 법

물떼새들은 이륙 채비를 마쳤다. 북진을 위해 날개를 정비했다. 사람들은 신기해한다. 어떻게 저들은 아무도 알려 주지 않았는데도 번식지에서 월동지까지 그 먼 거리를 항해할 수 있는지. 반복적인 경험이 그들을 인도할 거라고 추측들을 한다. 그런데 그렇지 않다. 유전적으로 생득적으로 그 길의 좌표는 후조들에게 보이는 것이다. 깃털이 알에서 올 때 그 알 속에는 바람도 같이 들어 있다. 시련이면서 자유의 근원이기도 한 바람이 새들의 비행 근육과 함께 운명적으로 주어진다. 그리고 바람의 지도에 새겨진 하늘 길을 근육들이 읽으며 날도록 어미새는 염색체에 독법을 기록해 두는 걸 잊지 않는다.

모든 생명체는 햇볕을 담는 주유구를 가지고 있다. 사람이 날지 못하는 이유는 몸 안에 비대한 에너지 탱크가 있어서다. 물떼새의 주유탱크는 소소하고 미미하다. 갯지렁이나 고둥이나 벼 이삭을 쪼아 삼킬 때 먹이에 스며 있는 미량의 햇볕만을 흡수해 지방질로 바꿀 뿐이다. 최대한 몸을 가볍게 유지하고 그때그때 외부의 에너지를 수혈한다. 내연기관이 투명하고 단순하다. 인간처럼 복잡하고 들끓고 가득하지 않다.

날아오른다. 태양이 길을 인도할 때는 햇빛이 하늘 길을 쓸고, 성좌가 길을 인도할 때는 별빛이 어둠을 쓸어 길을 연다. 물떼새는 시속 65km에서 80km를 유지하며, 고도 1,500m에서 4,300m의 상공을 비행한다. 장장 한 달간의 긴 여정이다. 잠깐씩 대열에서 이탈해 하늘 바다를 표류하기도 하지만, 각성의 눈을 감지는 않는다. 낭가파르바트를 넘던 새들이 쇠진하여 만년설에 머리를 꽂고 죽었다는 슬픈 타전에도 묵묵히 날 뿐. 센틸넓적다리중부리도요새가 알래스카에서 타히티까지 단 한 번에 건넜다는 낭보에도 묵묵히 날개를 저을 뿐. 살아야겠기에 이동과 회귀의 숙명을 본능에 맡겨 물떼새는 난다.

정주하지 않는 이동의 삶을 몸으로 밀며 바람에 밀리며, 지금 물떼새 편대가 온 생을 저어 가고 있다.

너 무 늦 으 면
내 가 나 를
돕 지 못 한 다

사장은 직원들을 불러 모았다. 직원이라고 해봐야 고작 다섯 명인 코딱지만 한 회사. 생긴 지 이제 갓 4년밖에 안 된 미생의 회사. 사장은 안건을 얘기했다. 직원들의 동의를 구하기 위해서였다. 그러나 사장이 상정한 안건은 보기 좋게 나동그라졌다. 말주변 없는 사장이 만만치 않은 직원들을 설득한다는 것은 애초에 중과부적이었을 것이다. 직원들은 사장이 미쳤다고 생각했고, 사장은 직원들이 야박하다고 생각했다.

사장은 자칭 삼류 야바위 시인이다. 그 말은 곧 때때로 감성적인 뇌가 작동해 엉뚱한 일을 벌이는 인간이 사업씩이나 하고 있다는 의미이겠다. 사장이 꺼낸 안건은 뜬금없이 인디 밴드를 후원하겠다는 것이었다. 이유는 그럴싸했으나 대책 없는 '낭만에 대하여'였다. '모든 남자는 로커를 꿈꾼다. 남자의 가슴에는 못다 부른 뜨거운 노래가 들어 있다!' 서열 2위는 사장의 뇌 속에 살면서 무시로 유혹의 말을 건네는 악마를 감지했다. 서열 2위는 사장이 다시는 딴소리를 못 하도록 이참에 대못을 박아야겠다고 생각했다. "모든 기업들이 창업 5년 이내에 절반이 망하고 10년 이내에 열에 아홉이 문 닫는 걸 당신도 알지 않느냐, 지금 우리 회사가 걸음마 단계인데 어떻게 벌써부터 가욋돈 쓸 생각을 하느냐, 본원 사업에 집중을 해도 모자랄 판에 무슨 허울 좋은 문화 사업이냐, 대기업 흉내를 내고 싶은 것이냐." 서열 2위는 조목조목 따지고 들며 사장의 말문을 틀어막았다. 서열 2위의 말이 끝나기 무섭게 서열 3위와 4위와 5위가 미친 듯이 박수를 쳐댔다. 그걸로 게임 끝이었다.

사장은 황망하고 억울했다. 내 마음대로 못하는 회사라니. 그렇다고 회사를 염려해서 말하는 실세의 충언을 무시할 수도 없는 노릇이었다. 사장은 회사의 힘을 빌리지 않고 혼자서 이 일을 추진하기로 마음을 고쳐먹었다. 누군가를 돕는 일에 시기상조란 없는 거라고 그는 생각했다. 회사가 튼튼하게 성장한 뒤에, 쓰고 남을 만큼 번 뒤에, 이런 말 뒤에 숨은 탐욕과 자기기만을 그는 알았다. 지금 하지 않으면 결국에는 동네 상인의 영역까지 침범하는 음험한 자본가들처럼 스스로가 자신을 돕는 것마저 포기하게 될 거라는 것을 그는 알았다. 사장은 자신이 할 수 있는 일들을 묵묵히 해나갔다.

그는 믿었다. 대개는 몸이 영혼을 빌려 육체의 삶을 살아가지만, 영혼이 지상에 머물기 위해 몸을 빌려 현현하는 부류가 있다고, 그들이 음악가일 거라고, 뮤즈의 신은 이들을 내려 보내 지친 인간을 위무하고 오염된 지상을 정화하는 거라고. 어느 날 그의 친구가 그에게 물었다. 그 밴드가 친인척도 아니고 전혀 알지 못하는 청년들이라고 하던데 어떻게 도울 생각을 했느냐고. 그는 친구에게 웃음 띤 얼굴로 답했다. "자네와 나도 처음엔 전혀 모르는 사람이었잖은가. 그런데 지금은 오랜 친구가 되었네. 누구나 그렇게 시작하는 것 아니겠나."

그 많은
사람중에
그대를 만나

남자는 길거리 포장마차에서 오뎅 사 먹는 걸 좋아했다. 데이트할 때도 포장마차를 보면 여자의 손을 잡고 들어가 오뎅 두어 꼬치를 같이 사 먹곤 했다. 여자가 남자에게 왜 그리 유별나게 오뎅을 좋아하냐고 물었다. 뜨거운 오뎅 국물을 후후 불어 여자에게 건네며 남자가 대답했다. "어렸을 때, 엄격한 아버지 때문에 길거리에서 군것질을 할 수가 없었거든. 막대사탕을 입에 물고 다닌다거나 붕어빵을 사 먹는다거나 하는 일을 할 수가 없었지. 다른 건 참겠는데 말야.

날씨가 추워지면 김이 모락모락 피어오르는 솥 앞에 아이들이 몰려가 한 꼬치씩 베어 먹는 오뎅은 너무나 참기 힘든 유혹이었어. 그래서 나중에 내가 어른이 되면 마음껏 오뎅을 사 먹겠다고 다짐하곤 했지. 하하! 나는 서러운 기억을 달래려고 오뎅을 사 먹는 건지도 몰라." 여자는 조금은 헛헛하고 조금은 아릿한 남자의 웃음이 좋아서 목덜미를 끌어당겨 꼭 안아 주었다.

어느 날 남자는 아이와 함께 포장마차 앞을 지나게 되었다. "앗, 오뎅이다." 두 사람은 동시에 외쳤다. 남자는 아이의 손을 잡고 들어가 오뎅 꼬치를 아이에게 건네며 물었다. "준아, 넌 왜 오뎅을 좋아해?" 아이는 눈을 껌벅이며 생각하더니 "아빠가 좋아하니까 나도 좋아하지." 하고는 씨익 웃었다. "역시 넌 내 아들이야." 남자는 아이의 머리를 헝클어뜨리며 희게 웃었다. "아빠, 근데 엄마는 왜 오뎅을 안 좋아해?" 아들의 물음에 남자는 어안이 벙벙해졌다. "뭐라구? 엄마가 오뎅을 안 좋아한다고? 아빠랑 데이트할 때 얼마나 자주 사 먹었는데." 아이는 이상하다는 듯 고개를 갸웃거리며 말했다. "아냐, 엄마는 비린 냄새가 나서 오뎅 안 좋아한댔어. 내가 먹고 싶다고 하면 나만 사주고 엄마는 국물만 후후 불어 줬어."

자신의 서러웠던 어린 시절의 기억을 달래준 건 오뎅이 아니라 아내였다는 걸 남자는 아이 때문에 알았다. 남자는 포장마차에서 나오

자마자 아이의 손을 잡고 부리나케 내달렸다. 아이는 경주라도 하듯 아빠를 따라 신나게 달렸다. 아빠가 엄마를 와락와락 껴안고 싶어 저리도 힘차게 달린다는 사실을 모르는 채.

탄환이
박힌
자리

전장에서 긴 전쟁을 치르고 돌아온 노병들 중에는 몸 안에 박힌 탄환을 그대로 둔 채 아무렇지 않게 살아가는 이가 있다고 한다. 탄환이 박힌 부위가 곪고 썩어 들어가면서 지속적으로 통증을 유발할 텐데 어떻게 그 삶이 가능할지 상상이 안 간다. 그런데 우리 몸은 스스로 방어할 줄 알아서, 탄환이 박힌 살 둘레를 딱딱한 물질로 싸서 무독화, 즉 독을 없애는 일을 수행한다고 한다. 탄환이 박힌 부위를 딱딱하게 석회질화시켜서 주변의 조직에 해를 끼치지 않도록 몸이 본능적으로 작동하는 생리현상이라는 것이다.

조개에서 인공진주를 만들어 내는 것도 이와 같은 원리다. 살 속에 파고든 이물질을 방어하기 위해 비상이 걸린 조개는 진주 성분을 지속적으로 분비하게 된다. 진주의 성분이 바로 탄산칼슘인데, 이것을 우리는 흔히 석회질이라고도 부른다. 석회암을 분쇄해서 얻은 석회석 분말을 탄산석회라고 한다. 농부들이 농작물에 칼슘과 철분을 보충하기 위해 이 석회질 비료를 뿌린다. 내가 가끔 나에게 뿌리기도 한다.

내가 만난 많은 사람들은 몸 안에 탄환 하나씩 지니고 살더라. 나만 상처 입은 짐승이 아니더라. 낯빛이 평화로워 보이고 마음이 고와서 그가 말하기 전에는 보이지 않을 뿐이더라. 몸에 박힌 탄환을 진주로 만들며 살아가고 있더라. 그 푸른 독의 시간을 영롱하고 맑은 시간으로 바꿔낸 대견한 인생들이 내 곁에서 살아가고 있더라.

내 몸에
쓰 는
이 력 서

언젠가 용하다는 한의사를 소개받아 물어물어 찾아간 적이 있다. 내 몸이 많이 망가진 상태였다. 그는 내게 시간 여유가 충분하냐고 물었다. 나는 별로 여유가 없었으나 그가 여유를 원하는 것 같아 그렇다고 대답했다. 그때부터 그는 나에게 이것저것 묻기 시작했고, 나는 내가 어떻게 살아왔는지 세세한 부분까지 그에게 몽땅 털어놓았다.

나의 취향, 성격, 직업, 기호식품, 운동량, 성관계, 부모의 식습관, 직계와 비속 관계, 육류와 채소류의 섭취율, 특정 음식을 먹었을 때의 소화 여부, 주량과 선호 주류, 숙면 여부와 운동 전후의 느낌 등등.

그렇게 두어 시간을 얘기했을까. 문득 나는 알았다. 그는 그저 열심히 묻기만 하고 나는 있는 사실 그대로를 얘기했을 뿐인데, 내가 내 몸을 전혀 사랑하지 않고 있다는 걸. 몸이 원하는 대로 살지 않고 욕망이 시키는 대로 살아왔다는 걸.

그 후로 나는 내 몸의 말을 들으려고 무척 애쓴다. 어떤 추억이나 습성이 원하는 음식일지라도 내 몸을 괴롭힌 적이 있다면 가급적 피하려고 애쓴다. 어떤 것은 시고 쓰고 먹기 고약해도 가까이 하려고 노력한다. 그렇게 몸의 말을 듣기 시작하자 차가웠던 손이 따뜻해지기 시작했다. 한여름의 배앓이도 사라졌다. 몸은 그 사람의 자서전이다. 뇌는 속이고 거짓말을 해도, 몸은 충직하게 *그가* 살아온 인생을 고스란히 드러낸다.

이번에 또 이력서를 제출한 곳이 있다. 몇 개월에 걸쳐 오른팔에서 왼팔로 어떤 고통스런 퇴행이 일어났다. 근 5년간에 걸쳐 조금씩 진행된 무리한 도시농부 흉내의 부작용이 아닐까 추측할 뿐이다. 지난 몇 개월 동안 침을 맞거나 뜸을 뜨거나 하는 처방으로 팔이 정상화되기를 기대했다. 그러다가 지인의 권유로 용하다는 경락마사지 집을 찾아가 몸을 맡겼다. 내 몸 이력서를 보더니 선생이 말했다. "마음은 비우고 가슴은 열고 어깨의 힘은 빼고 목은 세우고 똑바로 앉고 바르게 걸으세요."

선생은 비틀리고 무력화된 골짜기와 능선을 원래대로 되돌리기 위해 내 몸의 뼈마디 하나하나를 놓치지 않고 무참한 악력으로 헤집고 파고들었다. 목과 등과 팔과 다리에 달라붙은 모든 근육들을 집합시켜 하나하나를 섬세하게 쪼개고 분해하고 재조립했다. 나는 그제야 연결 부품이 어긋나고 틈새가 벌어진 로봇 완구처럼 불량품이 돼있다는 사실을 깨달았다. 몸이 내는 삐거덕거리는 불협화음과 살려 달라는 절규를 나는 흘려들었던 것이다.

선생은 내 몸에 씌어진 이력서를 읽으면서 내게 나직하게 충고했다. 몸은 대나무와 같다. 안을 비워야 푸르고 단단해지고 맑은 소리를 낼 수 있다. 몸은 당신이 당신을 사랑한 증거다. 당신에게 와서 헌신하고 애쓰고 있으니 당신이 위로해 주고 아껴 줘라.

그 리 운
편 지 1

밤새 눈이 내렸습니다. 아무도 읽지 않는 시집의 표지처럼 차분하게 쌓였습니다. 적설은 편지지 같아서 나무들은 꾹꾹 눌러 쓴 글자인양 박혀 있습니다.

나는 당신이 보낸 설경을 읽다가 행간에 숨겨둔 암호들을 찾아냅니다. 그것은 느낌표 같기도 하고 화살표 같기도 하고 맑은 소리가 나는 음표 같기도 합니다. 아련한 귤빛 가로등이 지시하는 대로 눈길을 따라가면 당신이라는 그리움의 포구에 다다르겠지요.

답장을 보내지 않으려 무던히도 애썼습니다. 기다림 없다고 나무랄까봐 참아 보려 했습니다. 그런데 내 그리움이 호랑가시나무 열매처럼 붉어서 우체국에 갔습니다. 이제 돌이키기는 힘듭니다. 수화물 상자에 담긴 나를 기다려 주면 좋겠습니다.

우편배달부의 자전거 은륜이 더운 숨을 토하며 비탈길을 오를 때, 거친 눈보라가 지쳐 있기를 바랍니다. 봄의 주소지에 햇살의 씨앗을 고르며 당신이 여전히 살고 있기를 바랍니다. 눈에서 새잎 냄새가 납니다.

그 리 운

편 지 2

건망증 심한 여자 같은 눈이 어제 내린 눈 위로 다시 덮였습니다. 길
이란 길은 새하얗게 떼 지어 양들이 막아서고 들판은 온통 목화밭이
들어섰습니다. 생각 없이 빗자루를 들고 나갔다가 푸르고 두터운 침
묵에 놀라 조용히 들어왔습니다.

어제 내린 눈과 오늘 내린 눈 사이의 지층으로 강이 흐릅니다. 당신
을 찾아 나섰던 참을 수 없는 나의 척후병들은 어제와 오늘 사이에
붙들려 망망한 그리움의 수원水源이 되었습니다.

나의 애절이 당신의 간절을 찾아 근해로 흘러들었는지 멀미가 납니다. 바다새에 쪼이고 해파리에 쏘이고 미역에 감기고 파도에 시달리는지 꿈속마저 저리고 아픕니다. 나는 구름이 되어 피어오르겠습니다. 당신이 햇볕이 되어 내리쬐어 준다면 저 견고한 설해의 지층도 일순간에 허물어지겠지요. 우리가 봄비로 내려야 비로소 봄이겠지요.

백치 같은 눈이 또 몰려와도 나는 좋습니다. 아무렇지 않습니다. 당신의 멀고 쓸쓸한 안녕이 내 것인 양 외롭고 아플 뿐.

어쩌지 않습니다
당신의 멀고 쓸쓸한
안녕이 내게인양
외롭고 아플때

이별하기
좋은
날씨

좋은 이별과 나쁜 이별이 있다. 좋은 이별은 같이 헤어지고 나쁜 이별은 혼자 헤어진다. 좋은 이별은 자명한 이유가 있으나 나쁜 이별은 이유가 모호하다. 또 좋은 이별은 이별의 징후를 미리 알려 주지만 나쁜 이별은 느닷없이 들이닥친다. 그런데 실상 좋은 이별과 나쁜 이별은 차이가 없다. 그저 아픈 이별이 있을 뿐.

이별하기 좋은 날씨는 아니었다. 그 이별이 내게 당도했을 때 나는 스무 살의 청년이었다. 그 통보는 마치 입영영장처럼 암담하고 당혹스러웠다. 나는 그때 사랑도 이별도 이별 후마저도 아름다운, 그런 사랑이 세상에 존재한다고 믿었다. 뚜렷한 사랑의 형식은 없었지만, 상상해둔 이별의 형식은 있었다. 죽음이 삶의 계속이듯이 이별도 사랑의 계속이라고 나는 믿었다. 그러나 이별은 잔인했다. 그 긴 머리카락을 싹둑 자른 생경하고 파리한 모습으로 왔다. 나는 아름답지 못한 이별의 몰골로 사랑을 완성할 수 없어서 절망했다. 모든 헤어지는 사랑이 그렇듯이 나의 이별도 혼자만의 것이라는 것을 뒤늦게 알았다.

"너는 나보다 순수해. 나는 네가 생각하는 만큼 순수하지 않아. 시간이 지날수록 우리는 더 나빠질 거야."
알 수 없는 나라의 말이었다. 알아듣기 힘든 이별 선언문이었다. 그렇게 그녀는 모호한 '이별 역'에서 내렸고, 나는 혼자만의 '사랑 역'을 향해 계속 갔다. 나는 레일이 교차되는 간이역에 즐비하게 서 있던 미루나무들을 잊지 못한다. 미루나무는 은종처럼 바람의 잎들을 잘디잘게 부수고 흔들어 나의 사랑과 그녀의 이별을 축복했다.

그 후 기차는 3년을 더 달렸다. 그 사이 나는 자주 바닷가에 가서 술을 마셨고 부칠 수 없는 편지를 썼고 김정호의 '님'을 불렀고 때때로 감정과잉의 시를 써댔다. 그리고 한참 뒤 나는 군대를 갔고 시인이 되었고 사회인이 되었고 더 이상 아프지 않게 되었다. 한동안은 내가 아프지 않게 됐다는 것에 대하여 어떤 미안함과 죄책감이 들었다. 더 나중에 내가 '사랑 역'이라고 여기고 지나쳤던 모든 역이 조금씩 이별을 희석하는, 희미한 '이별 역'이었다는 생각에 이르렀다.

나는 생각해 보는 것이다. 그것이 좋은 이별이었다면 어땠을까. 나의 무엇이 달라졌을까. 조금 덜 아프기 위해 조금 일찍 이별을 받아들이고 조금 더 빨리 잊는다고 해서 내 삶이 크게 달라졌을 것 같지는 않다. 이별에는 좋은 이별도 나쁜 이별도 없다. 조금 더 멀리까지 나아간 사랑과 짧아서 많이 아쉬운 사랑이 있을 뿐이다.

민 낮

살풀이 춤이 있다. 하얀 수건을 손끝에 두고 추는 춤이다. 민살풀이 춤은 수건이 없다. 손목의 뼈, 앙상한 고독을 비틀어 춘다. 이 춤이 먼저이고 원류다. 꾸미거나 딸린 것이 없는 걸 '민'이라고 한다. 화장기 없는 얼굴이 민낯이고, 꽃 없이 홀씨로 번식하는 꽃이 민꽃이고, 할머니가 끼던 민무늬의 담백한 반지가 민가락지다. 투박하고 화려하지 않지만 삶의 본령은 이러하다. 오래된 연인들은 요란하게 꾸미지 않아도 자체로 아름답다. 민낯의 그대가 보고 싶다.

견 성 은

힘 들 어

_스님, 며칠 묵겠습니다.

_글을 쓴다 했지요?

_네, 궁색한 잡문 나부랭이입니다.

_듣자하니 무명하여 유명하다 하고, 참견하는 일이 번다하다 하던데 갈무리는 잘 하고 왔겠지요?

_헛소문입니다. 부끄럽습니다.

_절간이나 군대나 매 한 가진데, 눈에서 멀다고 마음까지 멀어지는 일 없게 단속은 잘 하고 왔겠지요?

_거꾸로 신을 신이면 사주지 않았고, 또 GPS 세상 아니겠습니까?

_허어, 듣던 대로 고단수올시다.

_빙산의 일각일 뿐입니다. 부끄럽습니다.

_어험, 여기 청규^{清規}는 들으셨겠지요?

_예, 예불과 울력 참여는 자유로 해도 좋으나 공양은 빠트리면 안 된다고 들었습니다.

_그럼 좋은 글 얻어 가시기 바랍니다. 나무관세음보살!

며칠 후

_작가님은 왜 아침 공양 시간에 한 번도 얼굴을 볼 수가 없는 거지요?

_(새벽 6시에 아침밥을 먹어본 적이 없습니다.) 창자가 비어서 맑아지면 절로 글이 터져 나오기 때문입니다.

_새벽에 일어나 그리 일찍부터 글을 쓴다는 말씀이시오?

_(새벽에 일어나본 적이 없습니다.) 새벽에 마음을 끄고 깊은 명상에 들면 제 자신을 잊습니다.

_대관절 어떤 대작이기에 그토록 지극정성을 쏟는단 말씀이시오?

_(밥값을 못해 안절부절이옵니다.) 부끄럽습니다.

_아무튼 기대를 단단히 하고 있습니다.

_(깃대가 높으면 바람에 부러지기 쉬운 법이옵니다.) 나무관세음보살!

며칠 후

_멀리까지 산책을 다닌다 하던데 여기 풍광이 그만이지요?

_풍광은 그만인데 동네에 근본 없는 똥개가 있어 사람을 몰라보는 것 같습니다.

_아랫마을 밤나무 밑에 매어 있는 백구 말이지요?

_스님께서 그 녀석을 아십니까?

_아주 영특하고 신묘한 데가 있지요. 사물을 가려 가며 짖지요.

_그럼 저를 보고 미친 듯이 짖는 이유는 뭐랍니까?

_그야 개 눈에 보이는 대로일 테니 소승이 어찌 개소리의 뜻을 알겠는지요.

_밤나무더러 맨 꼭대기에 달린 실한 밤송이 하나만 백구 머리빡에 떨어뜨려 달라고 주문을 걸고 왔습니다.

_어허, 사람이 개와 다를 바가 있어야 할 것이거늘….

_스님, 백구가 미워서가 아닙니다. 견성見性에 어찌 사람과 개가 따로 있으며, 또 대오大悟에 이만한 시련인들 없겠습니까?

_쩝, 나무관세음보살!

옛 날 에
나 는
들 었 다 1

허리를 앓는 내게 스승이 물으셨다.

"무엇이 네 몸을 이리도 흔드는 것이냐?"

"생각이 멎질 않습니다."

"몸이 먼저냐, 생각이 먼저냐?"

"생각이 나쁜 것이옵니까?"

"몸이 살아야 생각도 살 것이 아니더냐."

"생각 없는 몸이 무슨 의미가 있겠나이까?"

"내 너에게 묻는다. 만물이 생겨난 것이 계획이더냐?"

"……"

"네 몸이 생겨난 것이 계획이더냐, 인연이더냐?"

"인연이옵니다."

"그렇다. 네 몸은 계획된 것도 생각된 것도 아니다."

"가만히 흘러가게 두겠나이다. 아픈 몸을 고쳐 주옵소서."

"왜 사람이 허리가 아픈지 아느냐?"

"무슨 말씀이온지?"

"네 발 달린 짐승은 허리가 없다. 오직 인간만이 허리를 앓는다. 직립보행의 대가다. 하나를 얻으면 하나를 내줘야 하는 법이니라."

"팔도 아프나이다."

"나무에 매달리는 원숭이가 팔이 아픈 걸 보았느냐?"

"제가 원숭이보다 못하다는 뜻이옵니까?"

"원숭이는 나무에 매달린다. 너는 생각에 매달리느라 점점 팔이 퇴화한 것 아니더냐?"

옛날에
나는
들었다 2

스승은 내 몸 중완혈에 장침을 꽂으며 말했다.

"우황을 아느냐?"

"심장의 열을 내리고 중풍이나 뇌졸중에 특효하다는 우황청심환 말입니까?"

"그렇다. 소의 담낭에 생긴 결석이 우황이다. 농부들은 기르던 일소가 갑자기 마르고 컥컥거리면 '저 놈의 소에 우황이 들었나 보다.' 하고 알아챘다. 병든 소에서 사람은 귀한 약재를 얻는 것이다. 옛날 어느 임금이 진귀한 생우황을 얻겠다고 나라의 소를 모조리 도살하기도 하였다. 소를 키우는 농부에게 물어보면 됐을 것을 농부를 우둔하다고 얕잡아본 것이다."

"어리석은 왕이군요. 그런데 왜 느닷없이 우황 얘기를 꺼내십니까?"

"너는 모르겠거든 농부에게 물어보듯이 네 몸에게 물어보면 될 것을 왜 이토록 네 몸을 무자비하게 학대하고 사는가를 물은 것이다."

"제대로 말을 해주기나 하면 좋겠습니다만, 대화가 안 되니 문제가 아니겠습니까?"

"네 몸 안에 들어찬 온갖 쓸데없는 생각과 욕심이 그 어리석은 임금이 아니겠느냐?"

"짐승이 아닌 바에야 생각 없는 몸이 무슨 소용이 있겠습니까?"

"그러면 네가 저 짐승들보다 나으냐?"

"……"

"사람을 살리는 약초들은 처음에 누가 알려 줬겠느냐? 저 짐승들이 제 몸이 아플 때 찾아가 뜯어 먹는 산야초를 보고 사람이 배운 것이 아니겠느냐. 저 짐승들도 제 몸의 말을 듣고 효험에 닿는 약초를 구할 줄 아는데, 하물며 너는 생각씩이나 한다는 위대한 영장류가 아니냐?"

"그렇다고 생각이 나쁜 것은 아니지 않습니까?"

"생각이란 놈이 몸이 가는 길을 가로막는다면 그것이 바람직한 일이라고 할 수 있겠느냐. 네가 극락에 살고 싶다면 극락의 마음을 품으면 되고, 지옥에 살고 싶다면 지옥의 마음을 품으면 된다. 마음은 가변하니 하늘의 마음은 네 몸으로 내려온다. 하늘은 네 몸에 하늘의 뜻을 쓴다. 배고프면 먹게 하고, 피곤하면 쉬게 하고, 밤이 되면 잠들게 한다. 그것이 하늘의 뜻이다. 그걸 거스르는 것이 네 삿된 생각이 아니냐?"

"끄웅, 오늘따라 유독 침이 아프옵니다."

도끼질의
사유

장작을 패는 일은 쉬운 듯 어렵다. 도끼를 머리 위로 쳐들어 통나무의 중심을 향해 내리꽂는다. 일격에 쪼개려는 강렬하고 도저한 집중이 없으면 날은 어김없이 중심을 비켜난다. 나의 몰두는 나무의 단단한 생애를 비집고 들어가려 하고 나무의 침묵은 나의 간섭을 허락하지 않는다. 눈발은 내 등짝 위를 덮친다. 나는 뜨거운 입김을 도끼날에 불어 넣는다. 이를테면, 통나무는 차가운 얼음의 철학이고 도끼는 얼음을 깨뜨려 이치를 얻으려는 날카로운 사유다. 그러나 얼음은 가차 없이 도끼날을 튕겨 낸다. 불과 물의 팽팽한 대리전이다. 나는 싸움을 지켜보는 한 마리 공허다. 쩡쩡, 불의 뼈와 물의 뼈가 부딪히는 소리가 온 산야를 깨운다. 소나무 가지가 우두둑 부러진다. 놀란 산짐승이 눈밭을 구르며 질주하고 고라니의 뒷발에 채인 적설이 퍼렇게 멍들어 하늘로 튀어 오른다. 폭설은 내려서 얼음을 덮고 불을 덮고 공허를 덮는다. 철학은 개뿔!

맑은
날의
조문

맑은 날이다. 죽은 이를 조문하기 위해 남쪽으로 내려왔다. 날은 포근하고 바람은 불지 않는다. 나는 죽은 이가 어떻게 세상에 왔는지 알지 못한다. 어쩌다 내 혈족과 인연이 되었고, 같이 밥과 술을 나누는 사돈으로 맺어졌다. 영정사진을 망연히 바라보고 두 번 절하고 애도했다. 그렇게 그와 맺은 모든 인연을 놓아 보냈다. 나는 그가 산 자들을 위해 남기고 간 밥 한 그릇을 묵묵히 얻어먹었다.

삶과 죽음의 경계가 모호한 날이 있다. 삶이 죽음 같고, 죽음이 삶처럼 여겨지는. 산다는 일이 실체가 없는 듯 막막한, 아무것도 감각되지 않는 때가 있다. 그럴 때면 나의 지금이 현실인지 환각인지 분간이 안 돼 당혹스럽다. 사람들이 내일이라도 나를 조문하러 온다고 해도 어쩔 수 없다. 아무도 내일이 먼저 올지 내세가 먼저 올지 알 수가 없는 일이다. 내가 조문한 이들과, 나를 조문하는 이들과, 조문을 맞이하는 내가 무엇으로 다를 것인가. 시간 앞에 그 다름이란 것이 다르면 얼마나 다를 것인가. 인간이 신앙처럼 떠받드는 '많이'와 '오래'도 우주의 광대무변 앞에서 얼마나 하찮은 것인가. 한숨이고 티끌이다.

삶의 요체는 축적과 차지가 아니라 비움과 나눔이다. 조문을 가면 먼저 죽은 자들은 늘 이 두 가지를 명명백백하게 알려 준다. 이것은 사유가 아니라 삶의 감각이다. 이 구체적인 감각이 무뎌지고 만져지지 않으면 그때를 죽음이라고 한다. 죽은 자의 것 중 기릴 것이 있다면, 그가 살아서 얼마나 나누고 베풀었는가이다. 그것을 산 자들은 덕망이라 부른다. 삶을 감각하고 있는가, 나여.

어 머 니 께
보 내 는
편 지

어머니, 그 여자 기억나세요?

내가 스무 살 때였지요. 비가 오는 날이면 집에 전화를 걸어 오는 여자가 있었습니다. 전화기가 안방에 있어서 어머니가 전화를 받아서 내게 바꿔 주곤 하셨지요. 이제 기억나세요? 아들을 사랑했던 목화 꽃 같은 여자 말이에요. 하루는 여름비가 가득히 내려 앞마당이 물에 갇히고 있는데 전화벨 소리가 울렸지요. 나는 그 여자인가 보다 생각하고 아래채에서 안방 마루로 뛰어갔는데 당신이 조곤조곤 그 사람과 통화를 하고 있었습니다. 그날은 전화를 바꿔 주지 않았습니다. 나는 나중에 그 사람에게서 들었습니다. 엄마가 존경스런 분이시더라고. 학생인 나와 어쩔 요량인지 물으시고는 마음 다치지 않게 해달라고 당부하셨다고.

입대를 앞두고 그 사람과 헤어져 몹시 아파하고 있을 때, 당신이 나를 나무라셨습니다. 앞으로 살아가면서 아플 일이 얼마나 많은데 잊는 일 하나를 못 견디느냐고, 사랑 없는 일로 수없이 괴로워야 할 텐데 사랑한 일로 그리 괴로워하느냐고 제대한 해 여름, 흰 깨꽃이 눈부시게 핀 밭에서 당신이 내게 물으셨지요. "이제 괜찮쟈?" 나는 아무 말 없이 고개를 끄덕였습니다. "결혼해서 애도 낳았다나 봐요." 하고 말했더니 당신이 그러셨습니다. "인연대로 되는 거다. 그렇지만 다 잊지는 말어라." 나는 지금도 왜 그때 당신이 다 잊지는 말라고 하셨는지 그 속내를 모릅니다. 다 잊지 못할 것을 미리 알아서 못 잊더라도 괜찮다고, 뒤에 올 사람에게 죄가 되는 게 아니니 괜찮다고, 그리 말씀하신 거라고 짐작해 볼 뿐입니다.

당신은 강물 같았습니다. 어떤 굽이를 만나건 개의치 않고 묵묵히 흘러갔지요. 마치 운명이 정한 길이 아니라 당신이 가는 길이 운명이 된다는 듯이 당신은 뒤돌아보지 않고 당신의 길을 열며 흘러갔습니다. 내가 당신이었다면 그 남루한 살림을 팽개치고 수없이 역류하며 소용돌이쳤을 것입니다. 비가 오면 오는 대로 눈이 내리면 내리는 대로 당신은 그치기를 기다렸습니다. 그러면 언제 그랬냐는 듯 햇살이 비추고, 묵은 가지에서 새싹이 돋아났지요. 그 사이 당신은 부엌으로 가 우리를 먹여 살리려고 더운밥을 차려 내셨지요. 내게 더운 심장이 남아 있다면, 그건 당신이 평생 지어준 뜨거운 밥 덕분입니다.

사랑이라는 말은 입 밖으로 내뱉기 참 쑥스럽고 어려운 말 중에 하나이고, 꺼내면 비밀이 들통 나는 것 같아서 늘 감췄던 말 중에 하나입니다. 당신의 사랑은 형체가 없습니다. 지극에 이르면 모든 것이 무화되듯이 사랑의 형체도 사라지고 사랑의 율격도 흩어지는 것이라고 나는 여깁니다. 아른거리는 꽃그늘처럼 그늘을 흔드는 바람처럼 그저 있을 뿐 보이지 않지요. 나는 당신이라는 너른 우주에서 사랑을 누렸고, 사랑하며 여기까지 왔습니다. 사랑은 어디론가 누군가에게 흘려보내야 하는 에너지이고 파장이어서, 내 안에서 사랑이 우물물처럼 차오르고 출렁거릴 때마다 나는 먼 바다로 나가고 싶어 열꽃이 피고 몸살로 뜨거워지곤 했습니다. 일생 동안 사람이 먹고 마시고 소비하는 사랑의 양이 몇 수레인지, 꽃피우고 시들고 열매 맺고 다시 씨 뿌리는 일이 몇 차례인지 나는 모르겠습니다. 모르면서 나는 당신이 농사지은 사랑을 축내며 염치없이 살아왔습니다.

당신 안 계신 동안 잘한 일은 기쁘지 않았고, 억울한 일은 길게 억울해하지 않고 놓아 버렸습니다. 자랑할 사람도 일러바칠 사람도 없어서 그 일들이 다 싱거워졌습니다. 당신 살아 계실 때는 용기를 내지 못하다가 당신 가시고 나서야 아들은 책 한 권을 엮었습니다. 책을 쓰다가 가끔씩 눈물을 적셨습니다. 어머니라는 말을 쓸 때, 밥이라는 말을 쓸 때, 사랑이라는 말을 쓸 때에 가슴에 시린 바람이 불어왔습니다. 그 말들이 모두 같은 눈물의 씨앗에서 발아한 말의 숲인 줄을 처음으로 알게 됐습니다.

어머니 누워 계신 무덤가에 가서 자랑 삼아 책 몇 줄을 읽어 드리고 싶었으나 그리하지 못했습니다. 어머니 바람대로 남루를 집 삼아 떠도는 가난한 시인이 되지는 않았으나, 뿌리 깊은 생활인이 되지도 못해서 죄스러워 그랬습니다. 나는 어머니 몰래 어쭙잖은 삼류 시인이 되었습니다.

당신은 아들 하는 일에 한 번도 이래라저래라 간섭하신 적이 없으셨습니다. 딱 한 번, 내가 글 쓰는 대학에 가겠다고 하자 나를 조용히 불러 앉히고는, 나는 네가 밥을 굶지를 않기 바란다고 하셨지요. 나중에 네가 쓰는 글이 네 밥벌이가 되면 그건 행복한 일이 아니라 네가 못 견디는 일이 될 거라고도 말씀하셨지요. 나는 당신이 한 번도 가난을 탓하지 않으셔서 가난이 당신의 영혼을 좀먹지 않았을 거라 생각했습니다. 그래서 나도 가난 같은 건 무시하고 내가 원하는 삶을 살아도 될 줄 알았습니다. 그 어떤 것들보다 맨 앞자리에 놓이는 것이 밥이라고,

당신이 나를 붙들고 어둡고 두려운 얼굴로 숨죽여 얘기하셨을 때에야, 나는 당신이 금기처럼 한 번도 말하지 않고 숨겨온 가난이 얼마나 막강한 지위를 가진 권세이고 속박인지를 비로소 알게 됐습니다. 다행입니다. 나는 글 쓰는 일로 밥을 벌지는 않습니다. 그런데 슬프기도 합니다. 좋은 글을 쓰는 이름 높은 시인이 되어 당신께 자랑할 수 없어서.

지금은 겨울이 슬금슬금 뒤로 물러서고, 노루귀, 얼레지, 제비꽃, 처녀치마, 꽃다지 무리를 앞세우고 가녀린 봄이 앞으로 나서고 있습니다. 산등성이마다 진달래가 터지고 생강나무 꽃이 병아리 깃털 같은 꽃잎을 파닥거립니다. 또 한 계절을 살아 낸 내 모습이 거울 속에 있습니다. 거울을 들여다볼 때마다 마음의 주름은 안 보이고, 흰 머리카락과 눈가의 잔주름과 인중에 스며든 고집이 보입니다. 늙어감을 확인하고 받아들이는 일은 참 슬프고 우울한 일입니다. 연년이 나이 들어왔는데 이것이 마치 어느 날의 느닷없는 일처럼 여겨지는 것은, 아마도 어머니 안 계신 걸 알고 내내 참았던 늙음이 이제야 마음 놓고 한꺼번에 들이닥치는 게 아닌가 싶습니다.

올해는 잡문 나부랭이를 쓰느라 절집에 머물다 생일을 맞았습니다. 이젠 생일이 되어도 아이들에게 당신께 전화를 드리라고 하지를 못합니다. 당신의 어여쁜 손녀가 그 낭랑한 목소리로 "할머니, 우리 아빠 저희에게 보내 주셔서 감사합니다." 하고 참새처럼 지저귀는 목소리를 들려 드릴 수 없어서, 그 전화 한 통을 당신에게 걸 수 없어서, 그 삶과 죽음의 아득한 거리가 서러운 일이 되었습니다. 일생이 사랑인 직업, 어머니라는 직책을 한 번도 내려놓지 않으신 당신을, 아들은 살아갈수록 그리워합니다.

당신 덕분에 세상에 와서 나는 붉게 사랑을 했습니다. 사랑하는 일을 목숨처럼 여기며 살았습니다. 잘못 든 길에서 잘못된 사랑도 했습니다. 그 모든 나쁘고 좋은 사랑과 이별의 일들이 화사한 어제의 일이 되었습니다. 그래도 아직 내게 남은 몇 날이 있으니 우수며 쓸쓸함이며 회한마저도 격렬하게 사랑하며 살다 가겠습니다. 메마르지 않는 당신의 영혼에서 흘러내린 사랑의 물로 마지막 한 떨기까지 염염한 꽃을 피우고 가겠습니다. 사랑이 끝나면 나도 여기에서 사라지고 없을, 그토록 붉은 사랑의 사명을 마치고 당신 곁으로 가겠습니다. 당신을 사랑합니다.

season of poet

시인의
계절

사 랑 이 끝 나 면 나 는 여 기 에 없 다

붉은
사명

사랑하는 이가 내게 말했다
당신이 죽으면 나도 죽겠다고

사랑할 때에만 유효한 그 말이
열흘을 붉지 못하는 꽃 같은 그 말이

단풍철이 오면 연연히 다시 살아와
나를 흔들고 뼛속의 우물로 고인다

나는 마르지 않는 붉은 사명을 붙들고
함부로 살지 않으려고 시를 쓴다

살기 위해 오늘의 밥을 먹는다
내가 살아야 그 사람도 살겠기에

시 인 의 말

어떤 사랑어^語는 그냥 흘러가 버리고 어떤 사랑어는 고이는 것
같아요. 수많은 사랑의 말이 있지만, 대부분 사랑 바깥으로 나
오면 곧바로 시들고 죽어 버리죠. 그런데 어떤 사랑의 말은 지
지 않고 애틋하게 살아와 붉게 흔드는 것 같아요. 내게는 이 말
이 맺히고 고였어요. 당신이 죽으면 나도 따라서 죽겠다는 말.

  사랑할 때는 누구나 한 번씩 내뱉어 보잖아요. 장난스럽고
허허롭고 경박하기 이를 데 없는 이 말이 세월이 갈수록 점점
무겁게 내 뼛속에 우물물로 고여 드는 거였죠. 나는 이 말이
그 사람의 강고한 의지나 결연한 사랑의 자세가 아니라, 내가
어떻게 세상을 살아가야 하는가를 지시하는 나의 '사랑의 사
명' 같은 것임을 깨닫게 된 것이죠.

  너무나 낡아서 상투적이고 유행가 가사 같은 가벼운 말이
지만, 혹 누가 알아요? 그 말이 그 사람의 마지막 진심일지, 내

가 죽어 보기 전에는 알 수 없는 일이잖아요. 그래서 나는 아무렇게나 살지 않으려고 시를 쓰고 밥을 먹습니다. 사람의 진심을 함부로 저버리면 안 되니까. 당신께서도 잘 사세요. 당신이 이 세상에 살아가고 있는 일이 어떤 한 사람을 살리는 일인지도 모르니까요.

고 백 록

백 일을 산 자나 만 년을 산 자나 다를 바 없다. 죽고 나면 죽은 자일 뿐. 어세의 일이나 천 년 전에 일어난 일이나 다를 바 없다. 지났으면 다 지나간 일일 뿐. 어제는 봄밤을 걸었다. 나는 마흔 해를 넘겨 살았고, 그 모든 나의 일들이 꽃이 지는 것과 같이 지난 일이 되었다. 오늘은 오늘의 꽃비를 맞으러 벗나무 그늘로 간다. 서럽다. 나는 내가 누울 꽃나무 한 그루 아직 심지 못했구나. 해가 기울고 나무들은 서둘러 꽃을 거두고 있다. 어제의 화사와 내일의 우수 사이 어디쯤에 접혀서 나는 저물 것인가. 기다림은 적막이 푹푹 쌓이는 고원인데, 나는 망망한 꽃그늘에 또 누구를 켜켜이 쌓을 것인가. 기별해다오, 나를 읊고 가는 밤공기여. 나는 아직 여물지 않은 미완의 계절에 지나지 않는다고, 아직 비우지 못한 슬픔이 남아 있다고.

제의 일이나
한 얼굴에 일어난 일이나
다를 바 없다
지났으면 다 지나간
일일뿐

시 인 의 말

나를 들여다보면 가만히 아파 옵니다. 살면서 얻은 서러움이
몇 수레쯤 될 텐데요. 지나갔으면 이미 지난 일이고, 죽고 나면
다 덧없는 욕심일 뿐이었다는 통속적인 깨달음도 서러움의 수
레에 실린 하많은 짐의 일부일 것입니다.

어느 날 문득 놀라운 깨달음처럼 이런 인식이 와서 나를
흔들 때, 생은 집착했던 것들을 툭, 놓아 버리기도 하지요. 놓
고 나면 또 서럽습니다. 붙들고 있던 때는 그토록 절실하고 눈
부셨던 것들이 놓아 버리고 나면 거짓말처럼 아무것도 아니란
것을 알았을 때의 허탈함이라니요.

나는 아직 멀었습니다. 내가 죽고 나면 묻힐 꽃나무도 심
지 못했습니다. 내 슬픔을 다 비우고 가야 하는데, 봄밤은 짧
고 꽃은 지는데, 나는 기다림을 쌓아 슬픔을 늘리는 일만 하
고 있습니다. 나는 아직도 삶이 서툽니다. 미완의 봄에 지나지

않는데, 벌써 다른 계절이 오고 있습니다. 고백하자니, 처연하고 부끄럽습니다. 당신은 어느 계절입니까?

스미는
다는
것

물살이 느려진 곳에 다다랐을 때
네가 숨을 고르며 내게 물었다
왜 나를 사랑하게 됐느냐고
편백나무 냄새가 나서였다

그 향기로운 발원지가 손목인지 귓불인지
뇌하수체인지 알 수 없어, 나는
너의 모든 것을
사랑하는 거라고 말했다

사랑이란 탐험이다

나는 너라는 신비를 거슬러 오른다

나는 너라는 강의 수생식물로 자라고

물고기가 되고 물결의 무늬가 된다

연어의 살에서 편백나무 향이 나는 이유다

스민다는 것은

연어가 강물을 헤아리며 귀소하듯이

시원을 기억하며 아가미로 호흡하는 일이다

유전하는 사랑의 본능으로

일생을 다해 너로 진화하는 일이다

시 인 의   말

나는 사람이 물고기에서 왔다는 말도, 유인원에서 왔다는 말도 참 아름답다고 생각해요. 나의 처음, 꽃의 처음, 저 고양이의 처음이 어느 날 뚝딱 하늘에서 떨어졌다는 건 참 볼품없는 상상이고 재미없는 서사거든요. 같은 기억, 같은 성분, 같은 처음을 버들치와 직박구리와 고란초와 사람이 공유하고 있다는 사실이 얼마나 다행이고 황홀한 일인지 모르겠어요. 언제라도 우리는 서로 하나가 될 수 있고, 그것이 곧 물듦이고 스밈이겠지요.

〈스민다는 것〉은 당신이라는 자연 그대로와 나라는 생명이 서로 교감하고 호흡하는 것에 대해 곰곰 생각해 본 시인데요. 사람마다 고유의 체취가 있잖아요. 나는 사람에게서 제각기 다른 나무 냄새를 맡습니다. 그 사람에게서는 맑은 편백나무 냄새가 났지요. 냄새를 맡으니 연어의 살결과 편백나무의 무늬가 서로 닮은 게 떠올랐고, 그 무늬가 강의 물결을 닮았다는 걸 기억해 낸 것이지요.

사람이나 나무나 물고기나 제각기 다른 종 같지만, 몸속에 물을 품고 사는 것들은 오래전에 물속에서 하나였던 기억을 가지고 살고 있는 것이죠. 그러니 사람인 내가 사람인 당신에게 스미고 물드는 일은 지극히 자연스러운 일이고, 그것이야말로 유전자가 원하는 이기적이고 바람직한 일이 아니겠는가 생각해 본 것이죠.

　사랑하는 일을 두려워하지 마세요. 우주적으로도 생물학적으로도 그건 자연선택적인 일이니까. 사랑할 때에 누구나 참모습을 보게 되죠. 모든 생명체 앞에서 한없이 경건해지고 선량해지는 나 자신을. 당신도 착하게 살아요. 당신에게 속수무책 물들어 가고 있는 누군가가 당신 곁에 있을지도 모르니까요.

동백꽃

쇠찌르레기가 부랑자처럼
배회하는 저녁,
내 망설임이 동백숲에 들었다

사랑이
저 동백과도 같이 명료한
저 붉은 생과도 같이 투명한
그 무엇이라면

사랑이여,
내게 은유로 오지 마라
단 한 번의 눈부신 총성으로 와서
나를 무너뜨려라

내 심장에 피어오르는
오, 더운 동백을 마시며
눈감게 해다오
사랑아

시 인 의   말

저마다 사랑하는 방식이 있죠. 대개 그 사람의 삶의 태도나 습성이 사랑의 방식과 곧장 연결되죠. 잘 머뭇거리고 지나치게 신중하고 섣불리 뛰어들지 않는 사람들은 종종 사랑에도 지각을 하고, 놓치죠.

망설이다 추하게 지는 목련 같은 사랑도 있고, 총성처럼 붉게 와서 자진해 버리는 동백 같은 사랑도 있지요. 나는 동백 같은 사랑이 내 체질에 맞는 것 같아요. 맨 마지막에 오는 사랑이라면 더더욱 동백꽃 같아야죠. 한때는 은유로 와도 좋았어요. 해독할 시간도 많았고, 화려한 게 좋았고, 체온도 높았으니까.

이제는 붙잡고 매달리는 게 지저분하게 여겨져요. 열정과 눈물과 시간을 아껴야 하는 시간이 당도한 거죠. 진정한 무사들은 그런다고 해요. 자신의 목에서 나는 피 바람소리를 들으며 최후를 맞는 걸 너없는 영광으로 여긴다고. 고수의 칼이 자신의 목을 베고 지나갈 때 피가 솟구치는 소리를 들으며 죽는 것이야말로 무사의 행운인 거죠. 사랑이란 것이 다시 내게 온다면, 나는 그 아름다운 마지막을 저 무사의 일처럼 끝내고 싶어요. 미처 막을 새도 없는 찰나에 와서 뜨겁게 베고 가는 것, 그토록 명료하고 붉은 최후의 사랑 말이에요.

내 사랑에
떠오르는
오, 내 햇빛을 마시며
웃기게 해다오

그 냥
이 라 는
말

생각이라는 말이 좋아 그대를 생각한다
무얼 그리 생각하느냐고 그대가 묻는다

물끄러미라는 말이 좋아 그대를 물끄러미 바라본다
내가 그리 좋으냐고 그대가 묻는다

지그시라는 말이 좋아 지그시 눈을 감고 그대를 떠올린다
나를 그리워하느냐고 그대가 묻는다

그냥이라는 말이 좋아 그냥 그대가 좋다고 말할 뻔한다
내가 토라져도 좋으냐고 그대가 묻는다

괜찮아라는 말이 좋아 괜찮아 하고 말할 뻔한다
얼마만큼 내가 좋으냐고 그대가 그렁그렁 묻는다

밥이라는 말이 좋아 밥만큼이라고 말할 뻔한다
밥은 먹었느냐고 그대가 묻는다

먹는다라는 말이 좋아 밥 먹으러 가자고 눈짓한다
왜 나를 외롭게 하느냐고 그대가 묻는다

세상에 외롭지 않은 밥이 어디 있겠냐고
물끄러미 그대를 그리워하며 바라본다

그냥, 그대가 좋으면 좋겠다
그냥, 그대가 좋으면 좋겠다

시 인 의   말

무슨 이유가 있겠어요. 내가 당신을 좋아하는데. 그냥이지요.
그런데 생각해 보면 그냥 좋은 그냥은 없는 것 같아요. 내가 당
신을 좋아하는 것, 당신이 나를 좋아하는 것은 우주적인 사건
이지요. 물리로 설명하자면, 그 사건은 따분한 관성과 지루한
타성의 궤도에서 벗어나 서로를 향해 맹렬하게 끌어당기고 기
울어 가는 힘의 작용이지요. 그 쾌활한 질주가 파동을 일으키
고, 그 파장이 서로를 좋아하는 감정을 생성해 내는 것이죠. 그
힘에 가속도가 붙으면 아무리 연약해도 땅 거죽을 밀어내고 얼
음덩이를 부수고 파릇파릇 솟아오르는 생명력이 되는 것이죠.

그냥 좋다는 저 말 속에는, 그러니까 굳센 의지를 세워 일
정한 방향으로 달려가는 존재, 당신에게 치우치기 위해 온 힘
을 다해 오래된 관성을 뒤틀어 역류하는 놀라운 혁명의 주체
가 있는 것이죠. 순응해 온 중력의 자장을 몸부림쳐 당신이라

는 방향을 향해 내 의지를 조준하고 운명을 다해 질주하는 일이죠. 그러니 마냥 그냥인 그냥은 지상에 없는 거랍니다. 그토록 도저하고 절박하게 당신에게 끌리는 내 마음의 한없는 좋음을, 활활 타는 그리움을, 그런데도 나는 그저 그냥이라고만 당신에게 말하는 거랍니다. 그러니 부디 내 마음을 알아주세요.

수 국

그대 만나러 갔었지

시누대 마당비 자국
푸르스름한
절 마당 어귀
낮별들 성성이
널려 있었네

후박나무 너른 그늘에
풍경소리 몇 자락
차르랑
차르랑
잎잎마다 빛나고

뒤란 그늘 자리
그대 웃음 같은
수국 꽃더미
화르르
화르르
지고 있었네

세상으로 흘러들
아득한 버스를 기다리는 동안
절 밑 낯선 식당에 앉아
산채비빔밥 한 그릇
묵념하듯
오래오래 먹었네

시 인 의 말

그대를 잊으러 갔습니다. 아무것도 생각하지 않을 것만 오로
지 생각하며 갔습니다. 그대를 잊으려면 그대를 다시 떠올려
야 한다는 역설이 괴롭고 아팠습니다. 그대가 나의 바깥에 살
면서 내 안에 세 들었더라면 얼마나 내보내기 가뿐하고 좋았
을까를 생각하며 또 아팠습니다.

　찬찬히 절 마당을 걸으니 보였습니다. 풍경은 얼마나 가볍
게 소리를 내는지, 수국은 얼마나 가볍게 소리 없이 지는지. 환
하게 제 그늘을 지우며 지는 수국처럼 나도 온 몸의 무게를 무
너뜨리고 허물어 소리 없이 지고 싶었습니다.

　실은, 수국은 화르르 꽃잎을 날리며 지지 않습니다. 눈부
신 꽃송이째로 그대로 매달려 말라가지요. 내 마음이 그랬습
니다. 꽃대에 매달린 채 마르고 있었습니다. 그대의 웃음이 그
랬습니다. 흩어지지 않고 공중에 하얗게 매달려 있었습니다.

그대가 만든 웃음의 그늘이 얼마나 널따랗고 환한지 그 안에 들어앉아 나는 화르르 화르르 졌습니다.

돌아갈 버스를 기다리는 동안 산채비빔밥을 먹었습니다. 몸 안에서 울음소리가 새 나왔습니다. 오가피 잎이나 명아주, 고사리, 취나물 잎에 묻어 있던 풀벌레 울음소리가 산채비빔밥을 삼킬 때 창자 안으로 함께 딸려 들어간 모양이었습니다. 나는 풀벌레가 서러운 사연이 있었나 보다 대수롭지 않게 여기며 묵묵히 먹었습니다. 그런데 오래도록 먹게 되었습니다. 밥그릇에 울음이 가득가득해서 비워도, 비워도 줄지가 않았습니다. 그렇게 내 안에서 그대가 오래오래 졌습니다.

말 리 꽃
연 가

어느 비가 내리던 여름날이었죠
그 사람이 내게 우산을 씌워 줬어요
그 사람 팔꿈치가 내 가슴에 닿았을 때
내 몸에서 뭉게뭉게 말리꽃이 피었어요

그 사람이 우산 속에서 말했죠
눈이 참 예쁘다고, 혼자 밥 먹지 말라고
힘겨웠던 일들이 마법처럼 괜찮아졌어요
그 말 때문에 내게도 붉은 계절이 왔죠

세상 모든 것이 아름답게 보였어요
여럿이 어울려 밥을 먹고 커피를 마실 때
나는 항상 그 사람 가까이에 앉았죠
물을 따라 주고 휴지를 건네주었죠

그 사람은 다른 사람들과 똑같이 나를 대했죠
나는 그 사람이 조금씩 미워졌어요
그 사람이 나를 더 힘들게 하네요
그 사람 우산을 쓰지 말 걸 그랬어요

다른 사람들과 똑같이 나를 대해요
고맙지만 그것은 참 잔인한 일이에요
세상은 멀찍이서 아름다워요
말리꽃 향기처럼 아려요

시 인 의 말

말리꽃^{茉莉花}은 물푸레나무과의 향기로운 아열대 꽃이죠. 재스민^{jasmine}이라고도 부르는데, '당신은 나의 것'이라는 꽃말을 가지고 있습니다. 정말이지 당신이 나의 것이었으면 좋겠군요.

〈말리꽃 연가〉는 노랫말처럼 리듬을 살려 심심하게 써본 시입니다. 한번쯤 누군가를 멀찍이 두고 마음에 품어 본 사람이라면 공감할 수도 있겠죠. 차별 두지 않고 편애하지 않는 사람, 언제나 공평하고 올바른 사람, 그래서 누구에게나 사랑받아 마땅한 그 사람이 나를 아프게 하는 가해자이지요. 누구에게 털어놓을 수도 없는 무채색의 사랑. 단 한 사람에게 특별한 사람이 된다는 것, 의미 있는 존재가 된다는 것은 생각만큼 쉬운 일이 아닌 거지요.

그때로 되돌아간다면 나는 당신에게 따져 묻고 싶은 것들이 많아요. 그때 왜 비 오는 날 전화를 해서 가만히 있는 나를 불러냈는지, 왜 당신의 팔찌를 허락 없이 내 손목에 채워 줬는지, 왜 내가 좋아하지도 않는 소보로빵을 떼어 내 입에 넣어 주었는지. 왜 오해를 살 만한 그런 행동으로 나를 흔들어 놓고 는, 왜 다른 남자랑 팔짱을 끼고 거리를 활보하고 다닌 것인지 말이에요.

사는 동안, 길거리에서 우연히 마주치는 일이 혹 있겠죠. 당신이 내게 어떻게 살았느냐고 꼭 묻길 바라요. 나는 조금도 망설임 없이 행복해서 죽을 만큼, 잘, 잘, 잘, 살고 있다고 대답 할 거니까. 당신이 나를 놓친 걸 많이 후회하며 불행하게 살아 갔으면 하고 바라니까. 너의 행복을 빌어 줄게, 너만은 행복해 야 해. 이런 가사들 다 뻔한 거짓말이잖아요. 나쁜 자식이라고 나를 욕해도 할 수 없어요. 그러게 왜 당신은 생각 없이 우산 을 씌워 줘서는 이 난리예요?

가 을 의
일

여자는 떠났을 때처럼 홀연히 돌아왔다. 아무 일 없었다는 듯 쌀을 씻어 안치고 가지나물을 무치고 호박을 썰어 된장국을 끓였다. 소리와 냄새가 떠들썩하게 공허를 채웠다. 사막 같던 애련의 간극이 더운 밥상 하나로 메워졌다. 남자는 묵상하듯 밥을 먹었다. 서럽고 안온했다. 밥상을 물리기 전에 뜨끈한 숭늉이 밥그릇에 부어졌다. 숭늉에서 억새를 흔들고 가는 바람의 냄새가 났다. 남자는 여자에게 무어라 물어보려다 참았다. 촛불이 꺼질 때처럼 흰 연기가 남자의 가슴에 피어오르다 흩어졌다. 여자는 설거지를 마치고 들로 나가 들꽃을 한아름 꺾어 들고 들어왔다. 산국화에 묻어온 석양이 집안에 번졌다. 식탁에 꽃병이 놓이자 식구가 는 것처럼 천정의 불빛이 따뜻해졌다. 새잎이 날 때 꽃잎이 열릴 때 잎이 꽃보다 붉어질 때 뒷숲의 나무가 다 벗을 때, 하루도 빼놓지 않고 사랑했다. 이제 어떻게 해야 하는가, 이 불량한 가을의 일을. 수수밥이 달았는데, 호박된장국이 한없이 깊었는데.

시 인 의 말

꽃이 지는 일이나 잎이 지는 일은 늘 서럽습니다. 오래 머물지
않고 짧게 다녀가는 것들의 사이사이에서 우리는 저물고 늙어
갑니다. 그러든 말든 가을은 가을의 일을 합니다. 우리가 어떻
게 알겠어요? 왜 그렇게 하는지.

마치 여자가 벌인 일인 것처럼 가을이 한 일을 꾸며 봤습
니다. 그러니까 대체 어디 다녀왔냐고 가출했다 돌아온 여자
에게 추궁하듯이 가을에게 따지고 들면 안 되겠죠.

가을은 늘 홀연히 와서 홀연히 가 버리잖아요. 오고 가는
모든 것들에게 잘해야죠. 붙들어 둘 수 없는 것들은 항상 애
잔하고 그리우니까. 잘한다는 게 별 게 있겠어요? 가을이 정
성스럽게 차려낸 가지나물 반찬에 호박된장국, 따뜻한 수수밥
한 그릇을 천천히 음미하며 고맙게 먹는 일이지요.

살아가는 동안, 계절이 나에게 차려 내는 향기로운 밥상을 앞으로 몇 번이나 받을 수 있을까요? 마땅히 달게 먹고 가는 것, 그것이 인생이겠지요.

가을도 가을이 참 고달프고 외롭겠다는 생각이 드는 건 나의 외로움 탓일까요? 사람 사는 일도 그렇잖아요. 한 번씩 계절이 다녀갈 때마다 사람은 틈틈이 낡고 어두워지거든요. 그러니 생각하고 말고 없이 여자가 들꽃을 한아름 꺾어서 들어오면 와락 껴안아 버리는 것도 좋겠지요. 왜 그랬냐고, 다시는 가지 말라고 따지고 회유하느라 시간 낭비하지 말고요. 그 혼란스럽고 애타는 감정을 어떻게 할지 고민하지도 말고요.

그대라는
근원

이 생에서
그대를 만나지 않았어야 했다
그토록 숲을 흔드는 빗줄기가
석남사 극락전 처마 아래
나를 들여 놓지 않았더라면

목어^{木魚}의 내면처럼 투명하게 비워져
젖은 몸 안에서 빗방울 소리가 울려 나왔다
그때에 나는 예감했다

목숨의 마지막 날까지 누구에겐가

단단히 얽매여 살게 될 것을

길을 지운 개울물이 배롱꽃처럼 붉어졌다

잠시 비 그친 사이

이내에 가린 가지산 햇살에게 물었다

그대라는 푸르스름한 근원이

어떻게 내게 왔는지

물박달나무 잎사귀의 섬세한 잎맥을 헤아리며

요사채 쪽마루에 걸터앉아 듣는

한없이 말갛고 아픈

빗소리

시 인 의 말

가끔은 빗소리가 답을 주기도 합니다. 억겁의 시간을 헤치고 그 인연이 어떻게 내게 왔는지, 생각해 볼수록 경이롭고 신비한 기적이 아닐 수 없습니다. 그대의 근원을 물으니 석남사의 그 비는 푸르스름한 빗소리로 내게 대답을 해주었지요. 자유롭게 사는 듯 보이는 모든 것도 실은 다 제 정해진 자리에서 맴도는 것이고, 우연처럼 보이는 인연도 물박달나무 잎의 정교한 측맥처럼 씨줄과 날줄로 단단히 얽매어 있는 것이겠죠.

나는 죽음이란 존재하지 않는다는 어느 과학자의 주장을 믿습니다. 시간과 공간이 따로 없는 빈곳이 우주 어딘가에 있어서 숨이 멎은 영혼은 거기로 흘러들어 가고, 어느 때가 되면 다시 밝은 곳으로 돌아와서 질문이 생기고, 비를 만나고, 사랑하는 사람에게 전화를 거는 일을 하게 되는 거죠. 가지산 이쪽에서 내리는 빗소리가 전화선을 타고 가지산 저쪽의 그대에게 흘러갔죠. 그대가 버스에서 내렸고, 같이 우산을 쓰고 일주문을 걸어 극락전 처마 아래 들었지요. 그때 문득, 죽을 때까지 이 사람에게 얽매여 살게 될 것 같다는 예감이 든 거죠. 내가 어떻게 영겁의 시간 속에서 이 사람을 만나게 됐는지 몹시 궁금해서 비에게 물었답니다.

그 사람과 나눈 무수한 말들은 흩어졌지만, 석남사의 전각과 불상과 돌탑은 지금도 기억하겠지요. 요사채 쪽마루에 앉아 들었던 청명한 빗소리, 그 맑은 슬픔이 전하는 푸르스름한 인연의 근원을.

산국화가
피었다는
편지

가을해가 풀썩 떨어집니다
꽃살 무늬 방문이 해그림자에 감깁니다
몇 줄 편지를 쓰다 지우고 여자는
돌아앉아 다시 뜨개질을 합니다

담장 기와 위에 핀 바위솔꽃이
설핏설핏 여자의 눈을 밟고 지나갑니다
뒤란의 머위 잎 몇 장을 오래 앉아 뜯습니다
봉숭아 꽃물이 남아 있는 손톱 끝에서
희미한 초승달이 돋습니다

시^詩는 사랑하는 일보다 더
외로운 일이라는데……

억새를 흔들고 바람이 지나갑니다
여자는 잔별들 사이로 등^燈을 꽂습니다
가지런히 빗질을 하고
일생의 거울 속에서 여자는
시인의 그림자로 남아
산국화가 피었다는 편지를 씁니다
산국화가 피었다는 편지를 지웁니다

시 인 의   말

시인과 시인의 여자를 내세워 기다리는 일, 그리워하며 살아
가는 일, 그 삶의 고결한 자세를 담담하게 그려 본 시입니다.

그 사람은 오늘도 오지 않는 모양입니다. 가을 해가 가까
스로 버티고 있다가 풀썩 주저앉듯이 떨어집니다. 여자는 해
그림자에 갇혀 한 땀 한 땀 원망을 뜨개질합니다. 뜨개질을 하
면서도 자꾸만 담장 밖으로 시선을 던집니다. 그때마다 담장
기왓장 위에 핀 바위솔꽃이 여자의 눈에 아프게 밟힙니다. 참
야속합니다.

기다림이나 그리움은 낭비이고 손해처럼 보이기도 합니다.
그렇지만 그리워하고 기다린 만큼 마음 창고의 재고자산이
늘어나고 사랑의 발효 기간이 늘어나 풍미 있는 인생이 된다
는 걸 모를 리 없겠죠.

시 쓰는 남자랑은 될수록 연애하지 마세요. 제멋대로인데
다 무뚝뚝하고 고독을 자처하는, 그런 남자를 아껴줄 수 없
다면, 당신은 아예 연애를 걸지 않는 게 좋습니다. 시를 잘 쓸

수록 깐깐하고 괴팍하고 자기 세계에 빠져 살 확률이 높거든
요. 시 좀 써봐서 알아요. 그런 잘난 시인 말고 나처럼 시는 별
로이면서 시 쓰는 흉내를 내는 남자는 괜찮아요. 감성이 풍부
해서 재미도 있을 거고, 심성은 맑고, 다정다감하게 자기 여자
위해 줄 줄도 알 테니까요. 히잇, 농담이었습니다.

　　시는 참 외로운 일이죠. 외로워야 하는 일이고요. 그렇더라
도 산국화가 피었으면 피었다고 편지를 보내 주세요. 세상 속
에서 부대끼며 외로워야지 외따로이 홀로 외로우면 시는커녕,
혼신이 말라 죽기 십상이니까요..

홀로
미루나무
아래에서

우리는 강기슭을 따라 고개 숙여 걸었습니다
그대 등 뒤로 미루나무 잎들이 시리게 나부끼고 있었고
그대 긴 속눈썹이 노을에 젖어 들고 있었습니다
우리가 서로 나누어 가질 수 있는 것보다
나누어 가질 수 없는 것들이 더 많은 세상을
하염없이 눈물짓는 그대였습니다

가난한 대로 실반지 하나씩 나눠 끼고
그대 같은 여자랑 얼굴 마주 보고 살면
그 낯설고 먼 행복이란 것도 금세 친숙해질 것 같았고
미역국처럼 말간 딸애 하나 시詩처럼 낳아
착하게 키울 것도 같았습니다

내 모든 열정과 서정을 다 모아도
그대를 그대 이상으로 아름답게 하지 못하고
나의 미래와 예지는 낡고 어두워
그대를 그대 이상으로 빛나게 하지 못하지만
사랑이 비단 아름답고 빛나는 것만이 아님을
우리는 이미 알고 있습니다

우리가 서로 다른 희망을 위해 살아가겠지만
후일 우리의 사랑이 같은 하늘에서
첫눈으로 내릴 것을 믿습니다
그대가 한 그루 미루나무가 되고
나는 밤마다 그리움의 별로 떠서
그대 이마 위에 내리는
맑은 별빛이 된다면 좋겠습니다

시 인 의 말

어떤 시는 쓰는 데 몇 년이 걸리기도 하고, 어떤 시는 뜨거운 감정이 사그라들고 난 후에야 간신히 써지기도 합니다. 다시는 사랑하지 않겠다고 눈물을 삼키며 다짐했었어요. 얼마나 쓰라리게 아팠는지, 얼마나 지독하게 청춘을 옭아맸는지. 사랑이란 게 사랑만으로 존립할 수 없는 아주 허약한 순수 의지에 지나지 않는다는 걸 그때 알았지요. 아프지 않게 됐을 무렵, 나는 미루나무가 서 있는 강에 가서 놓아 보내고 또 놓아 보냈습니다. 집착과 연민, 그리고 세상에 대한 길 잃은 증오.

사랑은 서사를 만들고, 서사는 자라서 전설이 되고, 후일 한 인간의 역사로 오롯이 지위를 확보하지만, 사랑은 그 시대의 무대에 오른 인물들을 참혹하게 다루지요. 누군가는 그 시절로 돌아가 다시 사랑하고 싶다고 하는데, 나는 전혀 그렇지 않습니다. 두 번 다시 그 붉은 강물에 발을 담그고 싶진 않습

니다. 한 번으로 족합니다. 삼 년이 지나서 쓴 시지만, 아릿하
게 아픈 느낌이 배어 있습니다. 이 시를 소리 내 읽을 때마다
미루나무 잎들이 바람에 흩날리며 내는 은종 소리가 찰랑찰
랑 귓전에 부서집니다.

가 을
동 화

"엄마, 단풍비가 내려요."
아이는 가을 아래를 지나며 높은음자리로 말합니다
"그래, 지금은 신의 미술시간이란다."
엄마의 눈빛은 파스텔 가루로 산란합니다
"저 많은 물감들은 어디에서 와요?"
아이는 아주 커다란 문방구 행성을 떠올립니다
"파랑은 쪽에서, 노랑은 치자에서, 빨강은 소목에서, 초록은 갈매나
무에서 오지."
엄마는 애기똥풀과 오배자와 꼭두서니,
향그런 크레파스 식물의 이름을 더 알려 줍니다
"그럼 나는 어느 식물에서 왔어요?"

아이는 염료식물인 듯 붉었다 푸르러집니다
"신은 초록을 유독 아끼시지."
엄마는 멀어지는 가을의 뒷모습을 바라봅니다
"엄마는 무슨 색깔이에요?"
엄마는 색색의 잎들을 모아 향기를 맡습니다
"열쇠는 챙겼니? 잃어버리지 않게 조심하렴."
엄마가 목에 걸어준 시간의 열쇠로
나는 단풍의 문을 열고 드나듭니다

"엄마별 열쇠는 어디 있나요?"

엄마는 분명 봄만큼 가을도 좋아하셨습니다. 어떤 계절을 좋
아하는지 미처 물어본 적은 없지만, 안마당 꽃밭에 국화와 맨
드라미와 코스모스와 분꽃이 항상 피었던 것을 떠올려 보면,
엄마는 필시 가을을 좋아했을 것입니다. 당신은 욕심이 별로
없는 분이셨는데 꽃나무에는 웬일인지 사치를 부리셨지요. 덕
분에 나는 계절의 초입마다 새로 피는 꽃들과 함께 유년을 보
냈으니 정서적으로 풍요로운 바탕을 얻은 셈이지요.

　　엄마는 내 시의 발원지입니다. 내 몸을 관통해 흘러나오는
서정이며, 서경은 모두 엄마의 물감 공장에서 만들어진 것들
입니다. 신은 푸른색을 유독 아낀다는 말 속의 신은, 실은 엄
마입니다. 세상의 모든 색깔은 원래 있던 것이 아니라 엄마가
나를 낳으면서 내 눈에 하나씩 넣어준 것이지요. 엄마의 손을
거쳐 염료들도 비로소 제 고유의 색을 찾았겠지요. 그 색깔을

가지고 매번 새로운 그림을 그려 내는 계절의 미술 실력이 부러워 나는 서툰 시를 씁니다.

엄마는 이제 저 계절의 수채화도, 나의 시도 보지 못합니다. 나는 엄마가 내게 준 열쇠로 시간의 문을 열고 아무 계절이나 드나들 수 있는데, 정작 엄마의 별을 열고 들어가는 열쇠가 어디 있는지는 모르겠습니다. 점점 상상력이 메말라 가서 나는 슬픕니다. 슬픔은 그리움을 지어내는 가내수공업이라는 것을 점점 알게 됩니다. 단풍이 붉을수록 가내수공업이 번성합니다.

소 포

그대가 내게 양식으로 남겨준
숨 막히는 꿈결 같음이여
나 그대에게 줄 기쁨이 가난하여
내 내부를 모두 들어내고
화약 같은 외로움을 꾹꾹 눌러 채우네

생을 쌓아둔 시간 창고에는
내게 와 지울 수 없는 향기가 된
첫눈이며 한숨이며 독백의 씨앗
스무 수레를 끌어다 숨겨 두네

세상에 생겨난 그 많은 비밀 중에
두려운 소포를 보내는 일이여
주소지도 소인도 없이 나를 밀봉해
그대에게 보내네
단 하나, 도무지 내 것이 아닌 것 같은
섬세하게 떨려오는 그리움을
뇌관으로 꽂아 보내네

그렇게 그대에게 가서, 나는

환하게 터졌으면 해

내 생을 터뜨렸으면 해

그대 분첩이나 전화기 속, 혹은 일기장 속에

수많은 씨앗으로 숨어들었으면 해

그대 쇄골 우물엔들

그대 속눈썹 그늘엔들

싹 틔우지 못할까

그대가 평생 나를 뽑아낸다

해도

그대 손아귀의 힘 다하는 날,

그대 앉았다 다시 일어서지 못하는 그 자리에

내 사랑의 일생도 그렇게

스러져 갔으면 해

졌으면 해

시 인 의　말

나의 스무 살은 파랑이었습니다. 너울지는 파랑波浪이기도 하고 코발트블루이기도 했죠. 내가 일으킨 풍랑에 어쩔 줄 모르고 휩쓸렸고, 더 이상 짙푸를 수 없을 만큼 지극하기도 한 시절이었습니다. 그 나이에는 한 사람을 사랑하고 한 사람을 위해 죽을 수도 있겠다는 목숨의 사랑이 가능했습니다. 일생을 다해 사랑하고 같이 늙어 가고 사랑의 최후가 오면 나도 홀연히 지고 말겠다는 스무 살의 시가 〈소포〉입니다.

그때는 암담한 시절이었습니다. 불의한 세상을 변혁하기 위해 밤을 새워 붉은 토론을 하고 최루탄 연기 속에서 짱돌을 집어 던지던 시대였지요. 회색의 염세와 무채색의 절망이 안개처럼 거리를 장악한 시대였지요. 그 속에서 나는 유미주의자를 자처하며 꿋꿋하고 치열하게 서정시를 썼습니다. 그것은 죄 없이 죄가 성립되는 삶이어서 나는 끊임없이 속죄해야 했고,

죄스러운 삶을 견뎌야 했습니다. 시는 내가 만든 은신처이자 감옥이었지요. 친구들은 나에게 시 만드는 기술자라고 비아냥거렸고, 비겁하고 나약한 감상에 찌든 패배자라고 손가락질을 해대기도 했습니다. 그 속에서 나는 세상에는 목숨을 바꿀 만한 아름다운 것이 분명 있으리라고 믿으며 시를 붙들고 청춘을 견뎠습니다.

나는 나를 혁명할 용기도, 세상을 직시할 시대 인식도 없었습니다. 그래서 나는 일찍이 변절했으므로 더는 변절하지 않았고, 연약한 감상으로 살아서 성공적인 돈의 노예가 되지도 못했습니다. 사랑을 위해 죽지는 못했지만, 여전히 삼류 연애시를 쓰며 살고 있습니다. 우리가 그토록 피 흘리며 꿈꾸던 세상은 지금 어디쯤 오고 있는지 묻습니다.

나는
적막한
사람이
좋다

그 사람을 처음 만났을 때

붉나무 잎사귀들이 땅바닥에 주저앉아 울고 있었다

그 붉고 아픈 결별에 대해

다들 소란스럽게 뒷말을 만들어 내고 있을 때

그는 소음 하나까지도 속속들이 빨아들이고 있었다

고요가 모래 늪이라는 걸 나는 처음 알았다

그는 침묵을 제련하는 연금술사 같아서

모든 소리의 그림자를 구부렸다 폈다 했다

나는 나의 말소리를 뺏길까봐 그 앞에서 조심했다

그는 무엇이든 깊게 사유하는 사람이었다

산국화와 억새의 냄새를 주워 담고

쇠찌르레기와 바람의 소리를 주워 담을 때

그는 눈을 감은 채 한 번도 뜨지 않았다

내가 침묵을 괴로워하며 몸의 습관으로 살 때

그는 영혼이 내리는 명령으로 행동했다

내 몸이 한갓 외로움과 그리움에 신음할 때

그는 내게 침묵을 다루는 법을 알려 주었다

나는 흉곽을 열어 고요의 뼈를 이식했다

적막하게 사랑하는 법을 나는 배웠다

시 인 의   말

사람들은 이상한 데가 있어요. 열심히 일해서 돈을 벌어요. 때로는 건강도 해치고 행복도 미루고 친구도 못 만날 만큼 바쁘게. 그렇게 죽기 살기로 번 돈으로 다시 잃어버린 건강을 사고, 잃어버린 우정도 사고, 그리고 한적한 바닷가의 고요도 사지요. 내가 보기엔 소음과 소란을 흥청망청 팔아서 적막과 은둔을 겨우 구입하는 것 같아요. 참 슬프고 이상한 일이죠.

그런데 막상 적막과 같이 살겠느냐고 하면 다들 무섭다고 피해요. 적막이 싫어서 언제나 집안에 티브이를 켜두고 강아지를 키우기도 하지요. 적막을 집에 잘못 들이면 착 들러붙어 좀체 나가지 않기도 하고, 생쥐처럼 기둥이며 서까래를 닥치는 대로 갉아 천정이 내려앉게 만들기도 하지요. 가히 음울한 친구임에 틀림없습니다. 하지만 적막만큼 많은 얘기를 재미나게 들려주는 이야기꾼도 없습니다. 나이 들수록 적막과 친해지면 좋지요. 소란이 빼앗아간 많은 것들을 되찾아올 수 있을 테니까요. 값지고 소중한 것들은 현란하거나 요란하지 않아서 묵묵하고 먹먹한 세계에 속해 있는 경우가 대부분인 거 같아요. 봄이 올 때, 가을이 물들 때 그 많은 붉고 노란 물감들을 공급하는 이는 다름 아닌 적막이랍니다. 이 땅의 모든 강산들이 다 적막의 소유입니다. 그래서 '적막강산'이라고들 하지요. 시인의 멋쩍은 유머였습니다.

그는 내게
희망을 다하는 별을
아름다워졌다
나는 흙으로 돌아
먼데 별을 이야기했다

시 월 통

사랑했으므로,
쇄골에 눈물이 고였다

네가 뜨겁게 핥았던 내 살갗,
네 기억이 은신한 나의 오장육부,
나는 내 몸 안에 소이탄을 던진다
끊어진 창자들이 애증 밖으로 뛰쳐나오고
너의 기억들이 너덜너덜 찢어진 채 떠오른다

너는 사랑할 때만 눈부신 사랑이었겠지만
나는 잉걸불처럼 사위며 마지막까지 뜨거웠다

바람이 들끓으며 관절로 몰려간다
쇄골에 스며든 화농 같은 눈물이
척추로 흘러가 발효하고 있다

사랑했으므로,
시월의 뼈들이 통증을 앓고 있다

시 인 의 말

시월통[※]은 생리통처럼 주기적으로 와서 잘 살고 있는 사람을 괜히 빈혈로 쓰러뜨리거나 몸살 나게 만들지요. 당신, 쇄골에 눈물이 고이도록 누군가를 사랑해 본 적이 있으신가요? 시월이 와서 그냥 그 사람을 떠올린 것뿐인데 나도 모르게 주르륵 흐른 눈물이 목을 타고 내려가 패인 쇄골에 고인 적이 없나요? 그 사람이 어루만지고 보듬고 핥고 할퀴었던 내 살갗의 세포가 알알이 깨어나 미칠 것처럼 괴로웠던 적이 없단 말인가요? 손쓸 수 없게 증식해 가는 종양 같은 그리움을, 통제되지 않고 부팅되는 기억회로를 폭발시켜 버리려고 내 몸 안에다 소이탄을 던져 넣어본 적이 정말로 없단 말인가요?

없었다면, 당신은 아직 누군가를 그토록 사랑해 본 적이 없어서 참 좋겠습니다. 아프지 않아서 좋겠군요. 당신은 계속해서 시월통 같은 몹쓸 병은 앓지 마시고 건강하게 한세상 살

다 가세요. 시월통을 앓느라 저리 아리고 저토록 메마르는 난풍
이며 강물이며 사람이며, 하는 것들을 선선히 구경이나 하면서
요.

단 풍

어떤 사람이냐고 세상이 물으면
그가 아니면 나는 없는 거라고 말해야지
내가 살아가는 이유라고 말해야지

모든 것을 다 잃어도 좋으냐고 물으면
한 순간도 머뭇거리지 않고
그렇다고 대답할 사랑을 해야지

다시는 사랑할 수 없게
아무것도 남기지 않는 사랑을 해야지
천둥 치는 벼랑의 사랑을 살다 가야지

추억이나 그리움 따위,

한 점 뒤돌아볼 일조차 없을 거야

사랑이 끝나면 나는 여기에 없는 거니까

시 인 의   말

추억을 회상하거나 그 사람을 그리워할 이유가 아니라, 그렇게
할 남은 시간이 없는 거지요. 사랑이 끝나면 나 또한 세상에
서 사라지고 없을 테니까. 그건 사랑의 본질이 아니리고 말한
다 해도 어쩔 수 없겠네요. 그래도 나는 그랬으면 합니다. 평화
로운 평화는 없듯이, 안온한 사랑도 없다고 나는 생각합니다.
너무 멀리 와버린 사람의 세상에서 평화로움이나 안온함이란
'견디고 참아 내는 동안'을 의미하는 말 같아요. 우리는 천둥
치는 폭풍의 언덕에서 사랑을 하고 이별을 하고 밥을 먹으며
살아가는 것이죠. 그래서 삶은 벼랑에서 벌이는 전쟁이고, 사랑
하는 일은 사랑 아닌 것들에 대한 격렬한 저항이 아닌가 싶어
요.
　　나는 단풍나무 학교에서 사랑학개론을 수업합니다. 활활
타올랐으면 그걸로 된 거죠. 단 한 번에 다 태우고 미련 없이

가야죠. 단풍이나 동백꽃 같이 붉게 타올라 가뭇없이 저버린다 해도 사랑에게는 늘 미안합니다. 다 사랑하지 못해서 제대로 사랑하지 못해서 늘 죄스럽지요. 저항하지 않고 타협하고 투항해 버리니까. 그렇게 변절을 살면서 사랑이라고 여기니까. 아름다운 단풍은 차가워질수록, 햇볕이 뜨거울수록 붉어집니다.

　나는 한 번에 다 거는 사랑을 살다 가려고 합니다. 지리멸렬하고 구질구질한 사랑은 너무 흔하잖아요. 당신은 어쩔 건가요?

엄마
생각

"엄마는 어떤 여자가 좋아?"

"니가 아끼는 여자지. 니가 맛난 것을 묵을 때 생각나는 여자가 있으면 그 여자가 니 여자지."

"엄마는 어떤 여자가 좋아?"

"웃을 때도 밥을 먹을 때도 입을 크게 벌리는 여자지. 꾸밈이 없다는 뜻이니께 그 여자는 놓치지 말그라."

"엄마는 어떤 여자가 좋아?"

"징상시럽게 왜 자꾸 그런댜. 나 빼곤 다 좋은 여자지."

"엄마 빼고?"

"암만, 나처럼 사는 여자는 싫어야."

"아냐, 아냐. 엄마가 세상에서 제일로 좋은 여자야."

"미치고 환장할 놈, 니는 극락과도 안 바꿀 내 님이여."

시 인 의   말

엄마는 나하고 말할 때 언제나 혀를 동그랗게 말아서 모음을
가득 섞어서 말합니다. 엄마의 입 속에는 문자로 기록할 수 없
는 '이응'이 수없이 들어 있습니다. 그래서 엄마 앞에서는 자꾸
응석을 부리고 싶어지나 봅니다.

엄마의 여자론은 단순합니다. 밥 잘 먹고 잘 웃고 씩씩한
여자가 최고로 좋은 여자라는 것이죠. 그런데 나는 밥도 가려
서 먹고, 수줍게 웃고, 내숭도 떠는 여우 같은 여자를 골라서
좋아했습니다. 예상대로 망했습니다. 엄마 말을 듣는 게 좋았
을 것을, 그때는 도무지 당신의 촌스런 여자관을 수용할 수가
없었습니다.

당신 같은 최고의 여자를 얻을 수 있었는데, 눈이 멀어서
다 놓쳤습니다. 나는 당신의 극락인데, 나의 극락은 없네요.
"아주 쌤통이다, 이 녀석아!" 하는 소리가 들리는 듯도 합니다.

어디 없나요? 도라지꽃을 좋아하고, 웃을 때 모란꽃이나 함박
꽃처럼 크고 환하게 웃는, 그런 촌스런 여자!

봄이
한 일

당신이 아프다고 했다

나는 봄 탓이라고 넘겼다

얼마나 더 아파야 하냐고

봄비가 벚나무 위에서 뛰어내리고

그때마다 벚꽃이 고요해졌다

나는 봄날 내내 과묵했고

당신은 당신 안의 우묵한 곳을

어루만졌다

봄은 봄의 일을 하고
사람은 사람의 일을 하고
괜찮다, 고였다가
흘러갈 것이다

나는 봄날 밤에
과묵하였고
이 당신은 당신만의
무한 꿈을
두 만겠지라

당신이 아픈 건 당신 탓입니다. 어쩌겠어요. 봄날이 가면 끝날 짧은 사랑인 것을요. 얼마나 더 사랑해야 받아줄 거냐고 구름을 움직이고 빗방울을 만들고 꽃잎을 숨 막히게 쏟아 낸다 해도 그건 내 탓이 아닙니다. 나는 나의 사랑을 환하게 비추기 위해 벚나무 발전소를 돌리느라 저축해둔 사랑이 없습니다.

당신은 당신을 다스려야 하고, 나는 나대로 내 마음 닿는 곳에서 아픕니다. 꽃이 진다고 사랑이 지는 것이 아니듯이 모든 것은 현상이고 증상일 뿐, 시간의 약을 복용하면 곧 괜찮아집니다. 아주 고이지는 않을 것입니다. 고였다가 곧 어디론가 흘러가겠지요. 어떡하겠어요? 봄이 봄의 일을 하느라 당신에게 그렇게 한 것을.

꽃이
전하는
말

밝음이 어둠에게 말했네. 내가 너를 끌어안지 않으면 나의 밝음을 드러낼 수 없을 거야. 슬픔이 기쁨에게 말했네. 너는 나보다 뒤에 와서 나를 지우고 슬픈 사람들을 기쁘게 했으면 좋겠다. 새가 나무에게 말했네. 내가 세상의 이름을 지었다면 낮은 것도 떨어지는 것도 다 하늘이라고 불렀을 거야. 이 말을 먼저 핀 매화가 산수유에게 했네. 산수유가 목련에게 했네. 목련이 라일락에게 했네. 나중에 시인이 라일락 아래를 지나다 꽃이 전하는 말을 겨우 들었네.

시 인 의   말

세상에 와서 내가 얻은 지혜가 있다면, 그것들은 다 꽃이나
나무나 새에게서 얻은 것들입니다. 나는 다행히 시인이라서
나무의 말을 들을 수 있는 권한이 있었습니다. 물론 그들의 말
을 알아들을 줄 아는 자격증도 있고요. 나무의 말은 묶음이어
서 사람의 말을 끄고, 나무에 귀를 대보면 들을 수도 있고 대
화를 나눌 수도 있습니다.

　　설원에 사는 사람들에게는 눈을 일컫는 말이 백 가지나
있다지만, 우리는 겨우 몇 가지를 가지고도 빈약하게 여기지
않고 눈이란 말을 아끼며 살아가죠. 새도 마찬가지가 아닐까
싶어요. 새에게는 낮거나 높거나 지거나 뜨거나 하는 모든 게
하늘이겠죠. 말을 많이 만들어 낸다고 달라질 건 없지요. 의미
를 더덕더덕 갖다 붙인다고 본성이 달라지는 건 아니니까요.
우린 너무 불필요한 말을 많이 지어내며 살아요. 슬픔이 기쁨

에게 하는 저런 따스한 말 한 가시면, 한세상 살나 가는 네 아
무런 지장이 없을 텐데 말이죠.

몇 해 전에 어머니를 여의었습니다. 나는 어머니의 임종을 지키지 못했고, 오래 치매를 앓아 마지막에는 사람을 알아보지 못했고, 그래서 유언이 있을 리 없었고, 그런 것이 다 서러웠습니다. 〈어머니의 편지〉는 어머니가 살아 계실 적에 내게 당부했던 말들과 지나가며 내뱉은 생살 같은 말들을, 누군가의 자식일 당신과 나누고 싶어 유서 형식으로 엮은 것입니다. 틈틈이 들여다보며 내 불효한 서러움을 달랬습니다.

문자는 사라지지 않으나 지상에 머물 뿐 천상에는 이르지 못하는지라, 아들이 지은 시를 천상의 어머니에게 올려 보내기 위해 음악에 실었습니다. 서툴고 빈한한 시지만 아들이 어떤 사랑을 하며 살아왔는지 들으시고 머리를 쓰다듬어 주실 거라 믿고 그리했습니다.

시를 읽지 않는 시대가 되었습니다. 오래 살게 되었으나, 정신은 가파르고 마음은 수분이 모자라 푸석푸석한 외로움에 시달리게 되었습니다. 세상의 종말은 핵전쟁이 아니라 더 이상 시를 읽지 않는 때일 것입니다. 처음 발표해 보는 시들을 후미진 곳에 전시했습니다. 시는 해석해야 하는 것도, 공부해야 하는 것도 아닙니다. 햇볕의 온도처럼, 바람의 음성처럼 그냥 느끼고 감촉하면 되는 일입니다. 당신의 인생에 시의 씨앗 몇 줌이 파종되었기를 간절히 바랍니다.

어쩌다 보니, 이 책을 내기까지 너무 많은 친구들을 괴롭혔고, 염치없이 신세를 졌습니다. 어머니께서 아시면 부끄러움 없다고 혼날 일입니다. 친구들의 이름을 여기에 밝히는 것으로 미안함을 덜어 보려고 합니다.

화가 백중기 선생의 생동감 넘치는 강원도의 사계는 제게 붉은 영감을 불어넣어 주었습니다. 내가 아는 한 가장 아름다운 인간의 목소리를 가진, 성우 정남 씨는 내 시를 천상으로 올려 주었습니다. 녹음실의 임용진 실장은 밤새워 녹음하고 믹싱하느라 사랑하는 아내에게서 잠시 멀어졌습니다. 미안하고 고맙습니다. 언제나 든든한 친구들, 두비와 포비는 나의 원기소입니다. 책의 디자인을 맡아 준 디자인 회사 홍단은 첫 책부터 기대 이상으로 꾸며 줬습니다. 일생에 남을 사진을 선물해준 차경 작가에게도 고마움을 전합니다.

나는 밤이 좋습니다. 북촌 한옥카페 북스쿡스에 출몰하는 미녀 사총

사들은 내가 글을 쓰느라 야윈 것을 걱정해 랍스터를 넣은 황제라면을 끓여 줬습니다. 금강에 사는 오세영 형 부부는 나를 불러 아껴 둔 땅두릅과 진귀한 산채를 먹여 줬습니다. 보성 초은당에서 얻어먹은 노연님의 무쇠솥 보름밥은 잊을 수가 없습니다. 청해 남망산 신흥사 법일 스님은 좋은 글 쓰라고 고요와 여백을 내주셨습니다. 송연님의 공양은 내 글의 피가 되었습니다. 연천 누나 부부와 형제들에게 된 장이며 김치며 일용할 양식을 배급해다 먹었습니다. 어머니가 살아 계셨으면 세상에서 가장 귀한 것을 내 아들에게 내줬다고 이 모든 분들께 일일이 허리 굽혀 인사했을 것입니다.

투병하고 있는 친구 승범과 평수 그리고 신영, 현영 씨에게 이 책이 위로가 된다면 좋겠습니다. 늘 함께하는 유쾌한 인디밴드 휴먼레이스와 페이스북 그룹 〈림태주와 친구들〉 운영진에게도 감사를 전합니다. 비님과 하늬, 그리고 호준에게 이 책을 바칩니다.

— 도 판 —

그 토 록
붉 은
사 랑

초판 1쇄 발행 2015년 5월 20일
초판 14쇄 발행 2024년 12월 27일

지은이 림태주

펴낸곳 (주)행성비
편집장 이윤희
디자인 홍단
마케팅 배새나

출판등록번호 제2010-000208호
주소 경기도 김포시 김포한강10로 133번길 107, 710호
대표전화 031-8071-5913 팩스 0505-115-5917
이메일 hangseongb@naver.com | 홈페이지 www.planetb.co.kr

ISBN 978-89-97132-71-3 (03810)

행성B는 독자 여러분의 참신한 기획 아이디어와 독창적인 원고를 기다리고 있습니다.
hangseongb@naver.com으로 보내 주시면 소중하게 검토하겠습니다.